참꽃이 피면 바지락을 먹고

b.read

그릇 굽는 신경균의 계절 음식 이야기

열흘 가는 꽃이 없다고 했던가. 봄나물도
보름이 지나면 여린 순이 어느새 억세지고,
바다도 보름 단위로 모습이 바뀐다. 아니,
열흘만 지나도 한눈에 뚜렷이 다르다. 태양의
움직임에 따라 1년 사계를 24개의 세부 단위로
나눈 절기는 그 간격이 대략 보름 정도인데,
보름마다 자연이 바뀌는 걸 경험하고 그에 따라
나눈 절기는 참으로 섬세하고 합리적인 구분이
아닌가 싶다.

장안요를 찾는 분들은 우리 집 상에 오른
음식들을 보며 감탄하지만 우리는 그저 때마다
땅과 바다에서 나는 것을 단순하게 조리해
수수한 집밥을 먹을 뿐이다. 우리 집 음식은
대단하거나 화려한 것이 아니고 그저 자연에
맞춘 것이다. 세월 따라 양념과 조리법이
달라져도, 절기를 맞춰 음식을 챙겨 먹는
본질은 그대로다. 제철에 나는 것은 풍성해
이웃과 지인들이 오가며 함께 먹기 좋다. 어울려
더불어 먹으면 더 맛있고, 푸근하다. 산나물,
해초 등이 날 때 레시피 적은 종이를 동봉한
상자를 품에 안고 우체국으로 간다. 멀리서
맛있게 먹으니 챙겨 보낸 사람은 든든하고
뿌듯하다.

내가 그릇 만드는 사람이다 보니 사람들은 좋은 그릇이 무엇인지를 종종 묻는다. 이 질문은 좋은 음식이 무엇인지를 묻는 것과 다르지 않다. 그릇을 굽는 내가 음식 이야기를 하는 이유다. 좋은 그릇을 한마디로 설명하기란 쉬운 일이 아니다. 하지만 음식 이야기를 하면 이해하기가 수월하다. 그래서 거창하지 않게 그릇 이야기를 해보겠다는 생각에 음식 이야기를 시작해 본다. 말했듯이 장안요 음식의 근간은 제철에 나는, 믿을 수 있는 신선 재료다. 계절에 맞게 음식을 하려면 일단 부지런해야 한다. 모든 것은 때가 있고, 성실하고 까다롭게 좋은 것을 찾아야 한다. 그릇 만드는 데 필요한 좋은 흙과 유약, 불 때는 나무와 불도 다르지 않다. 그릇 굽는 일도 부지런하고 성실하고 까다로워야 한다.

오랜 세월 절기를 따라 살다 보니 한 해가
월이나 계절로 끊어지는 것이 아니라
동그라미를 그리며 순환함을 알 수 있었다.
곶감이나 비자강정만 해도 따거나 줍는 일부터
시작해 갈무리하고 비로소 먹을 수 있을
때까지, 가을에 시작해 한겨울이 돼야 끝난다.
봄에 만드는 된장, 간장은 콩을 수확하기 한
해 전 가을에 이미 시작된다. 김장을 하려면
가을에 배추 모종을 심어 늦가을 비가 배추를
쑥쑥 키우고 속을 꽉 채울 때까지 근 100일을
지켜보며 키운다. 고추는 늦여름부터 따서
말리고, 마늘은 봄에 갈무리했다가 김장
무렵 까서 다진다. 대파도 여름 전에 씨를
뿌려야 한다. 그릇 구우려고 마련하는 장작도
마찬가지다. 나무를 베어 1년 이상 야적해
두어야 장작으로 팰 수 있다. 여름 장마철
잠깐을 빼고는, 흙·나무·잿물(유약)·철 등을
준비하고 그릇을 만드는 일이 끊이지 않고
1년 내내 계속된다.

장안에서 30년을 지냈다. 흙을 빚는 일과
제철 음식을 만드는 일은 주변 환경에 의해
자연스럽게 형성된 것이다. 음식을 먹는 것도,
그릇을 빚고 굽는 일도 사는 땅에 맞추면 된다.
문경 가마에서는 산삼을 캐고 나물을 채취하고
가축을 키우는 이웃들이 생겨 그 덕에 우리 집
특유의 음식이 만들어지기도 했다. 고흥 가마
시절에는 죽순과 쌀겨를 먹여 돼지를 키우고
잡는 이웃이 있었다. 가마를 다 지으면 동네
사람들을 모두 초대해 함께 먹고 마시며 정을
나눴다. 이웃과 격 없이 막걸리 한잔을 하던
추억, 다시 떠올려도 기분이 좋다. 혼자서 살
수 있는 사람은 없다. 함께 먹는다는 건 식구가
된다는 뜻이다. 우리 부부는 오늘도 이런
마음으로 식구들을 위해 제철 음식을 구하고
상을 차린다. 이 귀한 음식, 오늘은 누구랑
먹을까.

맹종죽 올라오고
흙 수비할 때
신경균
2021년

차
례

여
름

가
을

겨
울

봄

그 절기에 쉽게 구할 수 있는 음식이 최고 맛있다.

봄은 어느 계절보다 밥상이 풍요롭고 입이 즐겁다.

나물을 캐고 나누다 보면 어느새 새소리가 잦아들며 봄날은 간다.

시장에 다녀와야 비로소 무슨 밥을 먹을지 정할 수 있다. 재료에 따라 메뉴가 달라지기 때문에 집에서도 미리 준비를 하지 않는다. 헛수고를 한 적이 한두 번이 아니니 느긋하게 시장 소식을 기다린다. 나는 새벽일을 끝내고 나서 장에 간다. 사람들이 우리 집 아침 상차림에 놀라곤 하는데 한창 바쁠 때는 초저녁에 잠이 들어 새벽 2시에 일어나 일을 시작하기에 나의 아침은 노동 끝의 첫 끼, 열심히 일한 직장인의 저녁상인 셈이다. 그래서 남들 눈에 거한 아침상이 차려진다.

기장시장은 상설이고, 3일과 8일에는 남창시장, 2일과 7일에는 언양시장, 4일과 9일에는 좌천시장이 선다. 장날을 챙기다 보면 장에 매일 가다시피 하게 된다. 그중에서도 우리는 남창시장 단골이다. 남창장에는 갖가지 산나물과 근해에서 잡은 싱싱한 생선, 해산물이 나온다.

단골 국밥집도 있고, 할머니 상인도 많고, 신기한 군것질거리도 만날 수 있는, 이래저래 사람 냄새 나는 곳이다. 장안요를 찾는 손님과 가끔 나들이를 나서는 곳도 남창시장이다. 처음 보는 경상남도 먹거리에 이방인이 두리번두리번 하는 사이 나는 익숙한 루트를 따라 쏜살같이 한 바퀴를 돌며 그날의 물건을 파악한다. 아내와 지인들은 그런 나를 두고 눈을 반짝이며 펄펄 날아다닌다고 말한다. 단골 상인들에게 안부도 묻고, 제철에 나는 것들에 대해 이야기도 나눈다. 도시의 마트와 백화점에 반짝반짝 세련된 유통이 있다면 시장에는 사람 사는 맛이 있는 소박한 소통이 있다. 시장은 정답고 활기차다.

아이들이 '할아버지 생선'이라고 부르는 눈볼대.
눈볼대를 먹을 때면 할아버지와 손주는 말이 없어진다.

5월쯤 보이는 따개비(전복보다 작고 저렴한 패류)는
된장찌개에 넣거나 죽을 끓이면 맛있다.
붕장어를 살 때는 굵기를 살핀다. 붕장어는
흔히 일본어 '아나고'로 불리는데, 보통 회로
많이 먹는다. 사실 붕장어를 회로 많이 먹는
것은 붕장어가 수족관에서 오래 살기 때문이다.
회로 먹어도 좋지만 400~500g짜리는 배를
따서 등뼈를 추려내 소금을 뿌리거나 양념장을
발라 굽고, 700~800g짜리 큰 놈은 푹 고아
곰탕처럼 뜨끈하게 한 사발 먹으면 든든하다.
이른 아침 싱싱한 식자재를 신나게 사 들고,
단골 국밥집으로 향한다. 아침 나절 식당에
가면 바다에 나깄다 들어온 뱃사람들이
푸짐한 아침상을 받는다. 힘든 노동 끝이라
술도 한잔씩 걸친다. 국밥집 주인은 내가 주는
봉지들을 건네받으며 눈을 흘긴다. 분주하단
뜻이다. 자리를 잡고 말없이 기다리면 장 봐 온
생선으로 회를 쳐 내주고, 매운탕도 끓여 준다.
시장에서 생선을 고르고 열심히 일한 사람들
사이에 끼어 한 끼를 먹으면 덩달아 힘이 난다.
그래서 나는 시장이 좋다. 장을 나서는 길에
모종도 한 판 고른다. 여주와 들깨는 봄에 심어
두면 한여름 입맛 없을 때 요긴하다.

기장장에서는 제철 생선과 해조류와 멸치를,
언양장에서는 버섯을 산다. 보통 '대게'
하면 영덕을 떠올리지만 전국에서 대게 물이
좋고 가격도 저렴한 곳으로 빠지지 않는 게
기장이다. 작년 봄에는 호래기(반원니꼴뚜기)가
보였다. 본래 호래기는 겨울이 제철인데, 윤달이
끼다 보니 추위가 봄에 바싹 닿아 호래기가
잡혔다. 시장은 달력보다 자연의 때를 정직하게
드러낸다. 어머니가 좋아하는 호래기니 나는
앞뒤 재지 않고 샀다. 호래기를 통째로 살짝
데쳐 먹으면 몸통의 야들야들 보드라운 식감과
다리의 쫄깃쫄깃한 맛을 동시에 즐길 수 있다.
살아 있는 것을 그대로 데치면 몸통과 다리가
절대 분리되지 않는다.

기장시장에서 나의 참새 방앗간은
청해수산이다. 10여 년 단골이라 우리
입맛을 잘 안다. 일본어로 '하모'라고 부르는
참장어(갯장어)처럼 귀한 생선이나 내가 원하는
큰 생선을 경매나 다양한 인맥을 통해 너끈히
구해 준다. 작년에는 줄가자미(흔히 일본어로
'이시가리'라 부른다)가 많이 잡혔다. 하루는 주인이
1.5kg짜리 줄가자미를 구했다며 연락을 해
한달음에 달려가 그 자리에서 바로 회를 떠서
먹기도 했다. 줄가자미 회 몇 점에 소주 두어
잔을 나눠 마시고, 집에 와서는 도다리쑥국
대신 줄가자미쑥국을 끓여 잘 먹었다. 가끔
6kg에 육박하는 자연산 돌돔을 구해 주기도
하는데 그런 날은 누구를 불러 돌돔을 나눠
먹을까 행복한 고민을 안고 바삐 가게를
나선다.

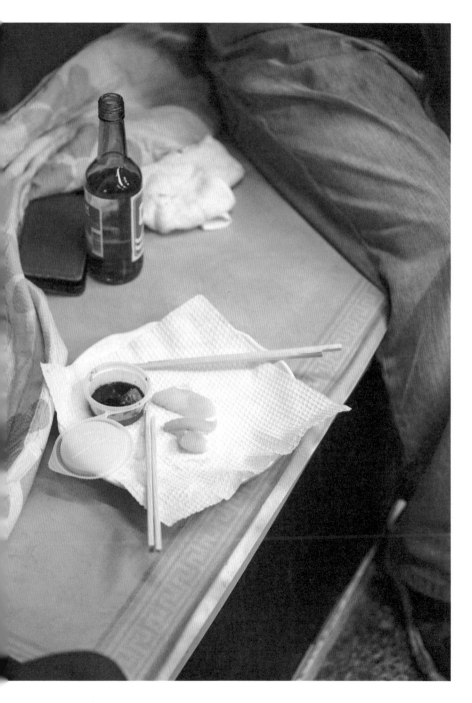

아내와 같이 시장에 간 날은 갓 뜬 회 몇 조각에 소주 한잔 할 수 있다.

산나물 날 때 갑오징어 먹물을 넣고 볶아 먹는다. 고소하고 쌉싸래해 와인과 먹어도 좋다.
입 주변이 새까매지니 먹물볶음을 같이 먹는 사이라면 '찐절친'이다.

어머니가 좋아하시는 호래기가 보이면 앞뒤 재지 않고 일단 사고 본다.

나
물
은
할
매
에
게
,
해
초
는
해
녀
에
게

초봄에 남창시장에 가면 할머니들이 들고 나온
갖가지 봄나물이 싱그럽다. 4월 초에 나오는
두릅과 땅두릅으로 시작해 머위, 제피, 방아,
곤달비 등 할머니들이 산에서 채취하거나
손수 키운 나물을 구할 수 있다. 봄나물을
사려면 늦어도 아침 7시에는 집을 나서야 한다.
할머니들이 7시 버스를 타고 와서 7시 30분
정도부터 전을 펴기 때문에 일찍 가야 좋은
나물을 만난다. 남창시장 자릿세는 차양이
있는 곳은 하루 3천 원, 노지는 2천 원인데,
할머니들은 1천 원을 아끼려고 가림막 없는
자리를 잡곤 한다. 할머니들은 다음 장에서
팔면 나물이 너무 자라 억세지는 게 어떤 것일까
고심하며 적당히 자란 것을 골라 들고 나온다.
나물 하나하나 정성껏 살피고 귀히 여기는
마음이 담겨 있다. 어떤 할머니는 할아버지께서
돌아가신 뒤로 가지고 나오는 나물 종류가
달라졌다. 애잔하다. 더 이상 산속 깊숙이
들어가지 못하는 것이다. 늘 보던 할머니가 안
보이면 걱정이 된다. 어느 날은 단골 할머니들이
단체로 보이지 않아 덜컥 놀랐다가 초파일인
것을 뒤늦게 깨달았다. 할머니들이 절에
가시느라 장에 못 나온 것이다.

5월에 장에 가면 어느새 두릅에도 가시가 돋고
봄나물도 곧 끝나겠다 싶어 아쉽다. 두릅은
튀겨 먹으면 식감이 좋다. 두릅을 욕심내
봉지 가득 산다. 양껏 튀겨 먹으며 봄이 가는
아쉬움을 달래려는 심사다.

할머니들한테 나물을 사듯 해초는 해녀에게
산다. 기장시장에 가면 돌미역, 톳, 서실 등
해녀들이 잡은 싱싱한 해조류가 나와 있다.
종종 '쫄쫄이미역'을 사기 위해 기장시장
가운데에 있는 해녀 자매를 찾곤 한다. 평생
물질을 한 사람의 얼굴과 손은 한눈에 알아볼
수 있다. 가끔은 같은 시장에서 장사를 하는
처지인데 인정 없어 보일까 봐 다른 좌판
매상도 올려 준다. 그러나 냉동 물건을 파는
곳에는 눈길을 주지 않는다. 냉동 물건을
취급하는 곳은 좌판 생김새부터 다르다. 크기가
거의 일정하고, 늘 장에 나오고, 시장 한쪽에
몰려 있다. 배로 생물을 직접 잡아와 파는 곳은
가격도 비싸고 주로 길가 쪽에 자리를 잡으며,
나올 때도 있고 안 나올 때도 있다. 싱싱한
재료를 보며 사람들과 이야기를 나누고 활기찬
기운을 전해 받는 시장. 식자재를 고르는
과정은 먹는 것만큼이나 즐겁다. 도자기 빚을
흙을 발견할 때처럼 말이다.

고사리는 즐겨 먹는데 이상하게 고비는 잘 안 먹는다. 고비가 더 비싼데 어머니가 안 드시니
우리도 안 먹게 된다. 우리 동네에 잘 안 나서 그런 것도 같다.

쇠미역. 다시마보다 부드럽고 미역보다는 쫄깃하다.
젓국 올려 쌈으로 먹는다.

언 땅이 풀리면 흙일을 한다. 이른 봄 도자 흙을 구하는 게 시작이다. 지리산 자락 경남 하동에서 좋은 흙이 나오면 구해 주는 친구가 있다. 흙도 동맥이나 정맥처럼 맥이 있는 곳에서 나는 걸 쓴다. 맥은 일종의 길이라고 할 수 있다. 지표면에서 60cm 이상 내려간 곳에 있는 흙이 좋다. 나무는 보통 땅속 60cm 정도 아래까지 뿌리를 내린 뒤 뿌리가 옆으로 뻗는데, 그 깊이에 일정한 지층이 존재한다. 흙을 파다 보면 부위마다 흙이 다르다가 어느 지점에서 마치 핏줄처럼 같은 색깔이 연결된 것이 보인다. 그 맥을 따라가며 흙을 판다. 대나무칼로 손수 파낸 하동 흙을 몇 년에 걸쳐 사들어 모은 적도 있다. 그런데 지금은 굴삭기로 흙을 파는 바람에 가려 파지를 못하니 흙이 섞이면서 하향 평준화가 되었다. 안타깝다.

좋은 백토가 나는 곳에는 물이 있다. 샘처럼 물이 솟는 물길을 따라가면 꼭 좋은 흙이 있다. 하동에 '백토리'라는 동네가 있는데, 일찍이 그곳의 백토를 알아본 일본 사람들이 흙을 그득그득 실어 갔다고 한다. 일본 백자의 품질을 유지할 수 있었던 것은 하동 백토 덕분이었다는 말이 전해질 정도다.

음식에서 식자재가 중요하듯 그릇도 좋은
흙이 기본이다. 도자용 흙은 결이 매끄럽고
밀가루보다도 고와야 한다. 불순물이 섞이면
제대로 구워지지 않는다. 백토 중에서도 구우면
더욱 흰 백토는 하동, 양구, 산청 등지에서
난다. 흙을 정할 때는 그릇을 빚어 가마 불에
구워 보고 나서 흙을 받는다. 이러면서 버린
흙이 동산 하나는 되지 않을까 싶다. 요즘은 그
버린 흙도 다시 파 사용하고 있다. 그만큼 흙이
귀하다는 소리다.

그릇의 근간이 되는, 땅에서 퍼 온 흙을 '대토'라
부른다. 대토가 오면 수비(水飛)부터 한다. 물을
이용해 흙에 있는 불순물을 거르는 것이다.
흙에 물을 붓고 휘저어서 위에 뜨는 불순물을
떠내고 무거운 돌, 모래는 건져 버린 뒤 고운
흙만 쓴다. 이 흙을 250모 체(1cm² 기준으로 250개의
구멍이 있는 체)로 거르기를 몇 차례 반복한다.
물로 걸러지지 않는 것은 불로 태운다. 이렇게
정제해 도자기 물레를 찰 수 있는 상태의 흙을
'질'이라고 부른다. 콩이 메주, 된장, 간장이
되듯 도자를 만드는 과정에서 흙을 부르는
말도 달라진다. 수비를 하거나 구워서 빻은
여러 종류의 흙을 그릇 종류에 따라 각기 다른
비율로 섞는다.

그 비율은 정해져 있다. 백자는 티끌 하나도
용납되지 않는다. 가장 까다롭게 고르는 것은
다완 빚는 흙이다. 찻사발인 다완은 밥그릇과
달리 도자기를 구웠을 때 돌처럼 딱딱하면 안
되므로 상대적으로 밀도가 낮은 백토를 좀 더
섞는다. 입자가 굵은 흙도 피한다. 그래야 차를
마실 때 부드럽다.

자갈 바닥에 보자기를 깔고 수비한 흙을 올려
물기를 뺀 다음 자연 건조한다. 흙이 적당히
마르면 작업장으로 옮겨 맨발로 밟아가며
수분과 점도를 맞춘다. 맨몸으로 밟지만 쌀 한
가마를 등에 진 듯 무거운 걸음으로 질척거리는
흙밭을 촘촘히 걷는다. 흙은 한 번에 보통 10톤
가까이 준비하는데, 최소한 네 명의 장정이
수비를 한 뒤 흙을 일정 비율로 섞고, 밟는다.
고흥 가마 시절에는 장정 여러 명이 흙을
밟았다. 이 작업을 마치는 데 짧게는 한 달,
길게는 6개월까지도 걸린다. 지금은 공장에서
흙을 받아 쓰는 곳이 많으니 이 무슨 사서
고생인가 싶겠지만 물레를 차보면 또다시 흙
위에 발벗고 올라설 수밖에 없다.

사람이 밟은 흙은 촉감부터 다르다. 거친 흙은
수비하고, 섞고, 밟고 해야 차지고 유연하게
늘어나며 반죽이 된다. 흙을 밟고 나면
깨끼질을 한다. 낚싯줄처럼 가는 줄로 흙을
얇게 저며가며 흙 속에 섞인 나무뿌리, 돌조각
등 불순물을 걸러낸다. 그러고 나서 다시 밟아
메줏덩어리처럼 만든 후 작업장 바닥에 탑처럼
쌓아 일주일 정도 숙성한다. 차진 흙, 즉 점성이
강한 흙을 얻기 위한 과정으로, 숙성 과정에서
흙 안에 있는 미생물이 살아나 유기적으로
얽히며 잘 엉기게 된다.
물레를 돌려 그릇으로 빚기까지 흙을 준비하는
데 기나긴 시간이 필요하다. 그릇 빚을 때의
흥이나 자유는 이렇듯 오랜 준비로 기본이
채워졌을 때 나온다.

여름 장마철 쉬는 틈에는 진주, 경주, 양산
등지로 고요지 답사를 다녔다. 특히 임진왜란
이전 일본 다도에 영향을 미쳤던 다완 가마터인
공주 학봉리, 고흥 운대리, 진해 웅천동을
중심으로 살폈다. 명절 연휴가 5~6일 이어지면
중국의 10대 명요인 용천요, 껴요, 자주요,
균요를 찾기도 했다. 〈세종실록지리지〉에 약
324개의 가마터 기록이 있는데 지금까지 100여
군데 넘게 돌아본 것 같다. 보통 '좌청룡 우백호'
식으로 양쪽에 산줄기가 있는 지형의 가운데쯤
자리를 잡는데 땔감인 소나무를 구하기
수월해서가 아닐까 짐작한다. 이제는 어떤 산을
보면 가마가 있겠다 싶은 곳이 보이고 가보면
딱 가마가 있을 정도가 되었다.

1994년 1월 여행을 함께 갔던 일행이 동네에
도자기 파편이 많아 농사가 힘들다는 말을
하기에 가마터이지 싶어 양산 법기에 갔다.
한눈에 흙이 달랐다. 유기질이 많은 약토였다.
선조 이후 1611년부터 일본은 조선에 부산요를
만들고 도자에 필요한 모든 재료를 조선에서
가져갔다는 글을 읽은 적이 있는데, 그 기록에
등장하는 약토를 발견한 것이다. 가마터
인근에서 만난 어르신이 "가벼운 흙이 있는데,
요즈음은 잘 안 써"라고 말씀하시기에 확신이
들었다. 미세한 철분이 함유되어 특별한 빛을
띠는 흙은 일본 사람이 간절히 갖고 싶어 하던
약토 사발, 일본 사람이 '이라보 다완'이라고
부르는 그 사발을 만드는 흙이다.
나는 양산에서 약토를 발견한 이후부터 약토를
재와 섞어 나만의 유약을 만들어 쓰고 있다.
유약은 보통 오랜 세월 낙엽이 쌓여 만들어진
지층에서 얻은 장석질이 많은 흙과 재 등
두세 가지를 섞고 물을 적당히 넣어 만든다.
약토 유약은 온도와 불 때는 환경에 따라
카멜레온처럼 오묘하게 색이 바뀐다.

진해 웅천 가마터에 갔을 때 경로당
할아버지들께 막걸리를 대접하며 여쭈었더니
한 분이 당신이 가는 밭에서 사금파리가 많이
나온다고 하셨다. 그 밭에 가서 '이도 다완'
파편을 발견했다. 이도 다완은 일본 사람이
임진왜란 전 조선의 사발을 일컫던 이름.
자유분방하고 거친 느낌이 난다.
문경 가마에서는 산속 가시덤불을 헤치며
홍점토를 찾아냈다. 홍점토는 그릇을 빚어
구우면 붉은빛을 띠는 특별한 흙이다.
나는 지금까지 여섯 번 가마를 지었다.
그중에서도 지금의 장안요는 내가 처음으로
지은 가마이자 지금까지 불을 때고 있는
가장 오래된 가마다. 1992년 장안에 가마를
박고 1993년에 첫 불을 땠다. 1994년 4월에
지은 문경 가마에서는 2년을 지냈다. 1996년
가을부터 1998년까지는 경주, 2000년 봄부터
2004년까지는 내덕, 2004년 봄부터 2014년
1월까지는 고흥, 이후 다시 장안 가마에서
그릇을 빚고 구웠다. 근래에는 백자를 만들려고
강원도 양구에 가마를 짓고 있다.

가마터는 한적하고 외진 곳을 찾는다. 주변
민가나 사람으로부터 방해를 주지도 받지도
않기 위해서다. 가마터와 작업장 설계도는
내가 그린다. 그릇 만드는 사람은 흙을 알고,
땅을 보고, 가마를 지을 줄 알아야 한다.
가마는 그릇에 따라 몇 칸으로, 어떤 크기로
만들지를 정하고, 바람의 방향도 살핀다.
작업에만 집중할 수 있도록 풍광이 보이는
방향으로는 창도 내지 않는다. 가마터는
보통 산간이나 산중에 있기 때문에 우선 터를
닦는다. 토목공사를 하고 가마를 짓기까지
수개월이 걸린다. 지난한 세월이다. 나는 그릇을
굽기 위해 가마를 짓고, 작업장을 만들고,
땅에 물레를 박아 넣고, 거기서 먹고 자고
일한다. 가마는 생명체 같다. 계속 써야 생명이
유지되고, 일정 기간이 지나면 수명을 다한다.
가마 불을 그릇 굽기 좋은 온도로 올리려면
물이 있어야 한다. 물은 불을 끌 때만 쓰는 것이
아니라 큰 불을 만들 때도 필요하다. 가마터에
물이 없으면 물이 나올 만한 곳을 찾아 땅을
파기도 한다. 내덕 작업장은 양쪽으로 물이
흘렀고, 고흥에서는 작은 연못을 만들었다.

까만 밤이면 그 연못 속으로 달그림자가
비치고 빛이 쏟아져 내렸다.

경주 가마 시절에는 전기가 없어 촛불을
켜고 살았다. 냇가에서 물을 떠와 밥을 하고,
설거지를 하러 냇가로 내려갔다. 아침에
새소리를 들으며 잠이 깼고, 바람소리, 빗소리
들으며 물레를 찼다. 전기가 안 들어오니
냉장고도 없었다. 음식을 저장하거나 보관할
길이 없어 그날그날 밭에서 나는 것을 먹고
살았다. 이십사절기를 몸소 체험한 것도 경주
시절이다. 전기가 들어오지 않는 곳이라 말린
양미리와 과메기를 불에 구워 먹었다. 바다
인근 동네라 구하기도 쉽고, 그저 처마 밑에
매달아 두면 되니 냉장고가 없어도 된다. 안동
자반고등어나 스페인 하몽이나 모두 환경에
맞춰 먹고살려고 나온 것이 아닌가. 새벽에
일어나 흙덩어리를 만들어 놓고 대충 씻은 다음
아침을 먹었다. 내가 작업하며 밥해 먹으며 살아
보니 사찰 음식이 만들기 복잡하고 화려한 것은
말이 안 됨을 알겠더라. 공부하고 수행해야
하는데 음식에 시간 쓸 여유가 어디에 있겠는가.
절밥은 본래 아주 간소하다.

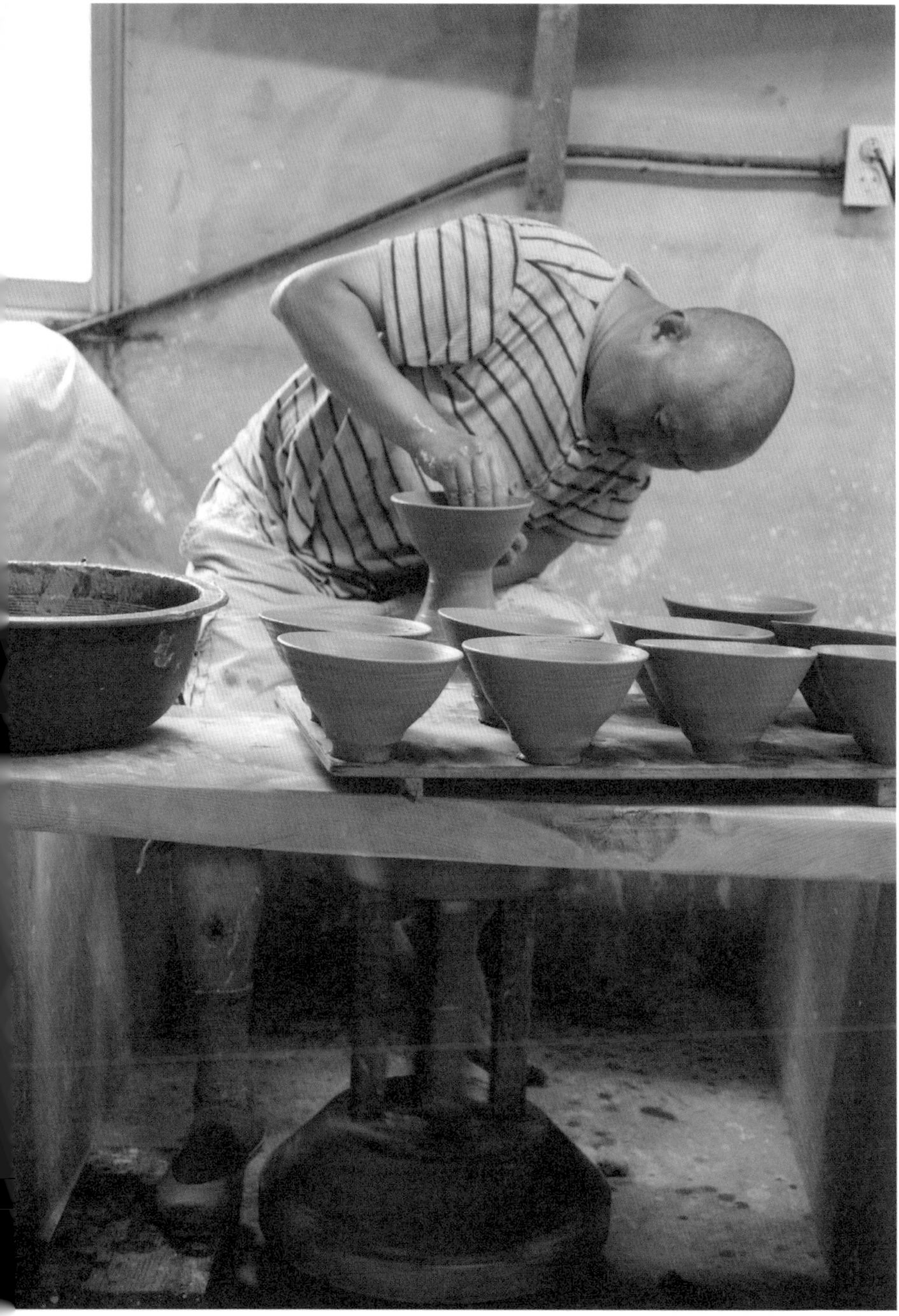

문경군 동로면 갈밭골. 문경 가마터는 갈대가
많은 골짜기라서 갈밭골이라 불렀다. 가마를
지은 이듬해 아내와 큰아이가 작업장에 처음
오던 날이 기억난다. 애를 업고 장안에서
부산진역까지 택시, 부산진에서 김천까지
통일호 기차, 김천에서 점촌까지 완행버스,
점촌에서 다시 택시를 잡아타고 갈밭골까지
장장 9시간이 걸려 작업장에 도착했다. 나중에
아버지에게 이 여정을 말씀 드렸더니 이렇게
대답하셨다.
"전에는 왼종일 걸렸는데 세월 좋아졌다."
문경 작업장은 깊은 산속에 있어 산나물
캐는 할머니들과 안면을 텄다. 할머니들은
산에 들어가면 1박 2일 나물을 캔다. 그 편에
산더덕을 구해서 먹었는데 그 더덕을 까기
시작하면 대문 입구부터 향이 진동했다. 먼 길
오는 아내를 위해 해줄 것이 없어 산을 헤매
자연산 더덕을 캤다. 더덕 껍질을 까고 돌로
두드려 양념에 재워 이틀간 두었다. 그 더덕을
숯불을 피워 구웠더니 아내의 눈이 동그래졌다.

갈밭골 더덕은 장안에 들고 가서 찧으면 골목
들어서면서부터 향이 진동한다. 사각사각
씹히는 맛, 입안 가득 퍼지는 진하디진한 향.
더덕 맛을 본 아내가 잣 소스를 만들어
더덕샐러드에 뿌렸다. 생더덕 껍질을 벗겨
방망이로 두들겨 쭉쭉 찢은 다음 부드러워진
더덕에 잣과 우유, 소금을 조금 넣고 믹서에
가볍게 갈아 만든 소스를 뿌리면 더덕의 짙은
향은 고스란히 남고 고소함이 더해진다. 고추장
양념보다 제격이다.

한번은 나물을 알고 싶어서 할머니들을 따라
나섰다가 깊은 산에서 병풍초라는 나물을
보았다. 습지에 나는 일엽초로, 뿌리 하나에
잎 한 장이 난다. 약간 쓴맛이 도는데 귀한
나물이라고 했다. 산골 사람들은 저승사자를
만났을 때 "니 병풍초 먹어 봤나" 하면 절대
먹었다고 말하지 말라고 당부한다. 그래야
그것도 못 먹어 봤느냐며 돌려보낸다는 것이다.
병풍초는 잎이 두 손보다 큰 데도 두께는 얇고,
맛은 어떻다 평하지 않는다고 한다.

문경 가마 바로 옆에 커다란 호두나무가 한
그루 있었다. 가을에 호두를 따서 초록빛
겉데기를 까면 손이 까매진다. 호두 속살은
어찌나 뽀얗던지.

문경 호두를 먹은 뒤로는 한동안 파는
호두가 싱거워서 못 먹었다. 여름날 소금만
넣고 찐 문경의 옥수수도 참 맛있었다. 문경
살면서 음식은 근본에서 멀어질수록 맛과도
멀어진다는 것을 새삼스레 알았다.

경주의 추억은 부엉이와 함께한다. 경주에
간 첫 해 크리스마스이브에 가마 불을 땠다.
겨울밤 홀로 불을 때고 있으면 가마 주변
소나무 가지에 커다란 부엉이가 날아와 앉았다.
산속 깊은 밤의 유일한 친구다. 앉은 키가
50cm는 족히 넘을 듯한 커다란 부엉이가 우는
소리는 그 음색이 콘트라베이스 같다. 부엉이가
콘트라베이스라면 올빼미는 비올라, 소쩍새는
바이올린이다. 부엉이가 "머하고 있노?" 하기에
"일하지"라고 답했다. 산속에 살다 보면 자연과
교감이 된다. 뱀이 지나가면 싸한 기운이 돌고,
네발 짐승이 나타나면 강아지처럼 다정한
느낌이 든다. 노루나 고라니 같은 초식동물은
사뿐사뿐 걷고, 너구리는 발걸음이 얌전하고,
멧돼지는 후다닥 뛴다. 어떤 것이 좋고 나쁘지
않고 있는 그대로 받아들이며 나는 작업에
몰두한다.

분청자기를 장식하는 데 쓰는 붓, 귀얄.

굽고 싶은 그릇이 생기면 가마를 옮긴다. 덤벙
다완을 만들려고 고흥군 두원면 운대리에
가마를 지어 14년을 살았고, 사발을 만들려고
문경시 동로면 갈밭골로 갔다. 지금의
장안요에는 30년 가까이 머물렀는데 가마를 세
번 다시 지었다. 1996년 경주 황룡골 한티버든
시절부터 달항아리를 만들고 싶었지만 마음에
드는 흙을 구하지 못했다. 공부를 하다 보니,
달항아리가 널리 알려진 건 일본의 아사카와
형제 덕분이었다. 조선총독부 산림과에서
일한 아사카와 다쿠미는 조선 도자기 파편을
구해 일본에 있는 형에게 보냈다. 동생 덕분에
조선 백자의 아름다움에 눈을 뜬 형 아사카와
노리타가는 우리 백자를 일본에 소개했다.
'조선 도자기의 신'으로 불리기도 하는
다쿠미는 조선의 문화를 사랑해 "한국인과
같은 것을 먹고 마시며, 같은 옷을 입고, 같은
말을 써야겠다"라고 했단다. 그는 마흔 살에
요절했는데, 조선에 묻어 달라는 유언을 남겼고
조선식으로 장례를 치렀다. 그는 서울 망우동
공동묘지에 묻혀 있다.

조선 도자기의 아름다움을 연구하고 알린
아사카와 형제는 "달항아리야말로 가장
조선다운 아름다움의 결정체"라고 말했다.
조선의 사발이나 다완을 사고 싶지만
경제적으로 여유가 없는 일본 사람에게
달항아리는 무척 매력적이었다. 그들은
달항아리가 미의식 면에서 사발이나 다완과
매우 유사하다고 생각했다. 달항아리는 원래
고급스러운 그릇으로 만든 건 아니다. 사대문
안에 사는 지체 높은 사람들이 게장 등을
담그기 위해 옹기처럼 사용한 생활 자기였다.
박물관 전시에서 볼 수 있는 누런 간장 물이
밴 달항아리가 바로 그런 것이다. 달항아리라는
이름은 1960~1970년대에 생겼다. 당시
국립중앙박물관장이던 최순우 선생이 그리
부르기 시작했다.

일본에서 찾은 우리 달항아리를 나도 몇 점
소장하고 있다. 그것을 숱하게 만지고 바라보며
연구를 했고, 마침내 〈조선왕조실록〉의 기록과
가장 가까운 달항아리를 만들 수 있겠다는
확신이 들었다. 달항아리를 연구하면서
달항아리가 다완 두 개를 맞붙여 놓은
모양임을 깨달았다.

달항아리의 미의식은 다완에 뿌리를 두고 있다. 거기에 장작 가마에서 만들어진 우연의 미감이 더해져 달항아리라는 작품이 탄생한 것이다. 달항아리가 본래 완벽한 구 형태가 아니라는 점을 생각하면 어찌 그것을 가스 가마에서 굽겠는가. 일정 온도를 유지하고 통제할 수 있는 오븐 방식의 전기 가마나 가스 가마에서는 그 우연과 자연스러움이 나올 수가 없다. 자연이란 인위적으로 통제하거나 만들어낼 수 없는 것. 내가 장작 가마를 고집하는 이유이기도 하다. 가마 안의 위치에 따라 온도가 다르고 불도 다르다 보니 같은 가마에 넣어도 같은 그릇은 하나도 없다. 흥미롭고 신비롭다.

〈조선왕조실록〉을 보면 영·정조 때 양구 백토를 썼다는 기록이 있다. 그것을 보고 양구 백토를 수소문했는데 찾기가 쉽지 않았다. 그러던 어느 날 드디어 구하게 되었다. 하동에 백토리가 있는 것처럼 양구 방산에도 백토마을이 있는데, 그곳에서 백토가 났다. 기존에 쓰던 하동 백토와 섞어 여러 번 실험을 해본 끝에 드디어 성에 차는 달항아리를 만들 수 있었다.

하동 백토가 골조 역할을 한다면 양구 백토는
색감을 입힌다. 문경 평유(유약이 되는 흙)에
참나무재를 섞어 만든 유약을 입혀 1350도로
환원 소성하는데 이때 불을 잘 받으면 푸른빛이
난다. 하동 백토는 꼭 필요한 만큼만 써야지,
많이 들어가면 불에 견디는 힘이 강해서 안
된다. 달항아리의 기본이 되는 흙인 하동 백토는
이제 구할 수 없어 그동안 모아 둔 것을 쓰고,
양구 백토는 외지에서 구할 길이 없어 내가
양구로 가 가마를 짓고 있다.

나무 장작을 1350도가 넘는 고온으로 때서
그릇을 굽는 우리의 전통 방식은 세계적 가치가
있다. 하지만 환경 변화 탓에 이런 전통을
유지하기가 점점 힘들어지니 문화유산으로
기록되면 좋겠다는 생각을 줄곧 해왔다.

그런던 차에 기회가 왔다. 인도 라다크 지방을
여행할 때 스리나가르(Srinagar)의 달 호수(Dal
Lake) 유람선에서 만난 친구의 제안으로 파리
유네스코 본부에서 달항아리를 선보이게
되었다. 2014년 유네스코 본부와 파리
한국문화원에서 전시를 하기까지 어려움과
고민이 많았지만 우리의 장작 가마와 도자를
유네스코 세계문화유산으로 등재할 수 있는 첫
단추를 끼웠다는 것만으로도 큰 의미가 있었다.

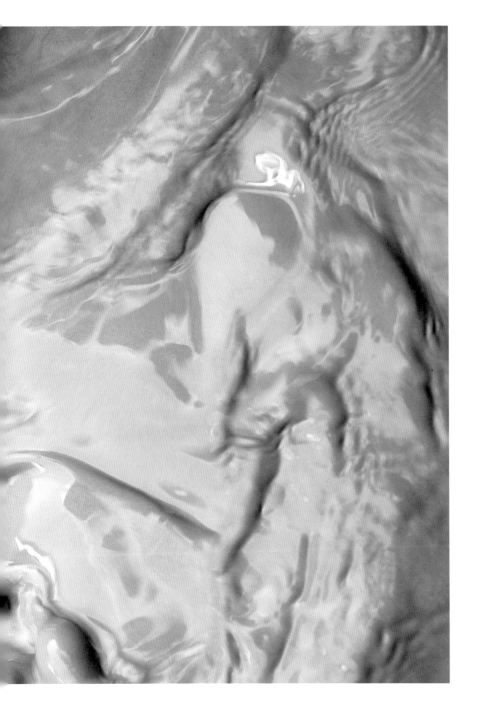

어린 시절 통도사 옆 마을에 살았다. 중학교
때부터 장안으로 독립한 서른 셋까지 거기
있었다. 그래서 절밥이 익숙하고, 고수
맛에도 길이 들었다. 고수를 처음 먹었을 때
그 희한한 풀 향이 괜찮았다. 스님들이 더러
행자(行者)들에게 "고수 잘 먹으면 스님 생활
잘한다"라고 했다는데, 나는 어려서부터
고수를 잘 먹었고, 그 풀의 향과 식감을
좋아했다. 고수는 생김새는 억세 보이지만
아삭아삭 씹을 때마다 향이 나니 풀 한 줄기가
참 호사스럽다. 그래서 늦여름에 심어 이른
봄까지 고수를 먹는다. 쌈 채소로도 먹고,
된장에 찍어 먹으며 막걸리 한잔 걸치기도 하고,
국간장·참기름·깨소금 넣어 겉절이, 말하자면
샐러드로 먹기도 한다.
어찌 되었건 고수는 생으로 먹어야 맛있다.

지금은 그런 문화가 많이 없어졌는데 그 시절 절에 가면 꼭 "밥 한 끼 먹고 가라", "자고 가라"라고 했다. 절 음식은 오신채 안 쓰고, 멸치 꽁지 하나 안 들어가니 채소 본연의 맛이 도드라진다. 말린 나물은 맛이 농축되어 진하고 식감은 꼬들꼬들하다. 오래된 된장 맛도 절 음식의 특징이다. 지금은 많이 세속화되었지만 본래 절 음식은 단순하고 짰다. 반찬은 푸성귀나 갈무리한 시래기면 족했다. 반찬이 짠 이유는 가난한 시절 찬을 아끼기 위한 것이기도 했겠지만 산중이라 음식 보관하기도 힘들어 그랬을 것이다. 절마다 음식 하는 법도 조금씩 다르고, 각기 특산 나물이 따로 있었다.

군대 제대하고 나서 출가를 마음먹고 7년간 고기를 먹지 않은 때가 있었다. 새벽 2시 30분에 눈을 뜨는 것도 그때 생긴 버릇이다. 마늘, 파, 달래 등 향이 강하고 자극적인 오신채는 물론 멸치 반 토막조차 안 먹으며 7년을 보내고 나니 비로소 나물 맛을 알게 되었다.

어느 해 봄, 마침 봄기운을 가득 머금은 나물이 있던 때 법정 스님께서 다니러 오셨다. 법정 스님은 나물 맛에 입맛이 까다롭기로 유명했다. 집안 누구도 스님 대접할 나물 반찬을 할 엄두를 내지 못해 "뭐 그냥 하던 대로 하면 되지" 하며 내가 나섰다. 취나물, 참나물, 다래순 등 나물 몇 가지를 그저 절에서 배운 대로 오신채 넣지 않고 국간장, 된장, 참기름으로 단순하게 무쳐 풀 본연의 향과 맛을 살렸다. "이 집 나물 참 맛있다! 누가 했어. 계화 결혼 잘했네." 나물 덕분에 법정 스님과 인연을 맺었다.

이 외에도 스님들과 얽힌 음식 이야기가 여럿 있다. 중광 스님은 1993년 하안거 100일 동안 장안요에 공양주로 계시며 내 식사를 도맡아 주셨다. 중광 스님을 만날 당시 나는 오신채를 안 먹을 때라 서울 올라가면 밥을 거의 못 먹었다. 마늘과 화학조미료 냄새를 못 견뎌 곤혹스러웠다. 스님께서는 사회생활을 해야 하니 먹으라고 충고하셨다.

어머니 젊은 시절부터 내려오던 씨간장.

'걸레 스님'으로 알려진 화가 스님은 음식을 크게 가리지 않으셨다.

어느 날 스님 오셨다고 누가 감성돔 큰 것을 보내왔는데, 스님이 양은 솥에 생선 한 마리를 통째로 넣고 미역국을 끓여 주셨다. 정말 맛있었다. 생선 미역국을 처음 맛본 아내는 생선이 국이 되는 것을 그때 처음 알았다고 했다. 지금도 가끔 그 미역국 이야기를 하며 입맛을 다신다.

중학교 시절 인연이 된 통도사 극락암은 고수가 유명했다. 고수무침은 명정 스님께 배웠다. 고수는 뿌리째(고수는 무조건 뿌리까지 먹어야 한다!) 슬슬 씻은 다음 국간장을 간만 되게 조금 넣고 참기름 쓱 두른 뒤 참깨를 듬뿍 뿌린다. 고수는 향이 좋아 국간장을 넣어도 간장 특유의 쿰쿰한 맛이 도드라지지 않는다. 절밥 기다리는 대중이 많으니 얼른얼른 하려고 양념을 간단히 하지 않았을까 싶은데, 고수 먹는 데 이만한 레시피가 없다.

고수는 늦여름에 심어 이듬해 봄까지 내내 먹는 푸성귀다.

아내는 윤필암 은우 스님께 잣 고명을 얹은
깻잎조림을 배웠다. 프랑스에서 공부하던
시절 여름방학에 윤필암에 머무르곤 했는데
깻잎조림에 잣을 다져 올리니 그렇게
맛있더란다. 그래서 우리 집 반찬에는 잣 고명이
단골이다. 나는 대학 시절 안동 봉정사에
머물면서 동치미국수 맛에 눈떴다. 한겨울날
보살님이 야참으로 국수를 삶아 동치미 국물에
말고 동치미 채를 썰어 올려 주었는데,
그 개운한 맛을 잊을 수가 없다. 군불 뗀
방바닥은 장판이 눌을 정도로 뜨거운데,
윗공기는 웃풍이 들어 차고 동치미는 이가
시리도록 쨍했다. 지금도 동치미를 참 좋아한다.
동치미 한 동이 가득 담가 잊을 만하면 한 번씩
새참으로, 야참으로 국수를 만다.

취나물, 참나물, 다래순 등 나물 몇 가지를

그저 절에서 배운 대로 오신채 넣지 않고

국간장, 된장, 참기름으로 단순하게 무쳐 풀 본연의 향과 맛을 살렸다.

"이 집 나물 참 맛있다! 누가 했어. 계화 결혼 잘했네."

나물 덕분에 법정 스님과 인연을 맺었다.

머위는 5백 원 동전만 할 때 맛있다

"계화 씨, 얼른 손 씻고 와."

아내가 결혼 초 대학에 강의 나가던 시절, 나를 만나러 장안에 오려면 버스를 타고 먼 길을 더디게 와야 했다. 3월 어느 날, 어려운 길 오는 것이 미안해 마땅히 해 줄 것도 없고 해서 어린 머위 순을 캐서 된장 넣고 새콤달콤하게 무쳐 주었다. 머위는 5백 원짜리 동전 크기일 때 가장 맛있다. 된장 소스의 감칠맛에 쌉싸래하고 새콤달콤한 맛이 어우러져 입맛을 돋운다. 잎만 똑똑 따지 말고 칼끝으로 뿌리 근처까지 잘라 잎과 붉은 줄기를 모두 먹어야 맛있다. 머위는 봄부터 여름까지 쭉 먹는데, 머윗대가 굵어지면 잎이 쓰고 어느새 벌레도 힘이 생겨 잎에 자국을 남긴다. 그때쯤에는 머윗대를 삶아 껍질을 벗겨 마늘, 국간장 넣고 볶아 들깨가루를 뿌려 찬을 만들고, 개중 부드러운 잎은 골라서 쌈으로 먹는다.

나는 둘째라면 서러울, 이른바 나물 '덕후'다. 그러니 봄이 얼마나 기다려지겠는가. 나물이 싱싱한지 보려면 밑동을 봐야 한다. 싱싱한 것들은 잘라낸 다음에도 줄기가 새파랗다.

계절에 따라 다르지만 부드러운 참나물을 참
좋아한다. 두릅은 튀겨 먹고, 가죽(참죽의 경상도
말)은 고추장에 찍어 먹고, 오가피는 살짝 데쳐
무친다. 옻나무 순은 고소해서 잘 먹었는데,
요즈음은 몸이 변했는지 옻이 올라 못 먹는다.
나물도 일부러 키운 것을 사다가 무치면
젓가락이 가질 않는다. 뭐랄까. 공장에서 만든
것처럼 향이 일정해서 맛이 없다. 예전에는
지리산에서 녹차를 구하는 김에 취나물·참나물
같은 산나물을 얻어먹기도 하고, 문경이나
오대산 등지에서 어수리와 병풍초를 구하기도
했다. 산에서 나온 것들은 맛이 다르다. 깊은
산속의 나물은 더디 자라고, 같은 나물이라도
자라난 산에 따라 크기나 모양이 제각각이다.
요즘은 장안요 근처에서 나는 것들을
오일장에서 사거나 텃밭과 집 근처에 산나물을
얻어 심어 먹곤 한다.

이른 봄에 올라오는 어린 머위 순. 머위는 5백 원짜리 동전만 할 때가 제일 맛있다.

산나물 무쳐 먹고 남으면 통밀가루 조금 섞어 전을 부친다.
생나물로 할 때는 간을 하지만 반찬으로 무친 것에는 밀가루만 넣는다.

취나물.

가
죽
나
무

새
순
의

진
한

향

봄나물 중에서도 가죽은 질감과 향이 특별하다.
우리 가족은 모두 가죽 애호가다. 결혼 초 동네
어느 집에 가죽나무 고목이 있었는데 동네 사람
아무도 가죽을 안 먹어서 우리가 그 나무에서
나는 걸 통째로 사다 먹기도 했다. 지금은 우리
집 마당에도 가죽나무가 있다. 누가 들으면
별나다고 하겠지만 아내는 가죽나물에서 고기
냄새가 난다고 표현한다. 4월쯤 가죽나무의 첫
가지에 열리는 어린잎은 부드럽게 뚝 잘라진다.
보통 10cm 정도 길이의 여린 순을 따서 먹는다.
가죽나무 새순은 딸 때 나는 진한 향이 참
좋고, 차진 식감도 남다르다. 돼지고기나 전을
먹을 때 양념 삼아 먹으면 고기와 기름의
느끼함이 가시고, 입안 가득 가죽의 향이
은은하게 번진다. 가죽 향을 낯설어 하던
사람도 몸에 좋다 하면 다 먹으니 나는 가죽
맛을 보여 주려는 욕심에 자주 그 말을 한다.

나물은 자라면서 향과 맛, 식감이 달라지는데
절기를 따라가며 이 맛을 보는 것이 즐겁다.
여리고 부드러운 첫 순은 생으로 고추장에
참기름 섞어 찍어 먹고, 조금 자라면 데쳐서
나물로 먹고, 더 크면 전으로 부치거나 튀긴다.
가죽이 많이 날 때는 생으로 다 못 먹기
때문에 데쳐서 나물을 무치고, 가죽장아찌를
담갔다. 어머니는 고추장에 담근 가죽장아찌를
좋아하신다. 가죽은 한 뼘이 채 안 되었을 때
제일 맛있기 때문에 잎이 어느 정도 올라오면
조바심이 나서 매일 아침 살피러 나간다.

머위잎이 이렇게 커지면 데쳐서 강된장 올려 쌈으로 먹는다.

쑥을 시간 날 때마다 뜯어 모았다가 2kg쯤 되면 물에 대여섯 번 씻어 채반에 밭쳐 방앗간에서
쑥설기를 맞춘다. 증기의 힘이 다른지 집에서 하면 산뜻한 쑥색이 안 나온다.

응개, 곤달비, 두릅…… 풍요로운 봄날

응개도 봄을 기다리게 하는 나물이다.
경상남도에서는 대문이나 담벼락에
응개나무(엄나무) 한 그루를 심은 집을 흔히 볼
수 있다. 응개나무는 가시가 크고 송곳같이
뽀족해 찔리면 무척 아프다. 그래서인지 나쁜
기운과 액운을 물리쳐 준다고 알려져 있다.
쌉싸름한 맛과 향이 입맛을 돋운다. 데쳐
먹거나 나물로 무쳐 먹고, 역시 좀 억세지면
전을 부쳐 먹는다. 통밀가루로 튀김옷을
입힌 다음 달군 프라이팬에 기름을 두르고
노릇노릇해질 때까지 지지면 된다. 해마다
응개 순이 올라올 때쯤이면 장안요를 찾는
분도 있다. 응개와 헛갈리기 쉬운 게 두릅인데
두릅은 하나의 가지에서 여러 개가 나오며
잔가시가 많다.

곤달비 역시 봄을 기다리게 한다. 적고 보니
모든 봄나물이 봄을 기다리게 하지 싶다. 야생
곤달비는 어른 손바닥보다 크고, 어린잎부터
억센 잎이 될 때까지 내내 향이 좋다. 씹을 때
약간 질긴 듯하면서도 부드러운 느낌이 들며,
생김새는 머위와 비슷하지만 식감은 완전히
다르다. 곤달비는 곰 발바닥을 닮았다고
알려진 곰취와 비슷한데, 곰취보다 길쭉하고
끝이 뾰족하며 하트 모양으로 갈라져 있다.
처음 올라온 어린잎은 생으로 쌈을 싸 먹고
좀 억세지면 장아찌를 담가 먹는다. 곤달비는
쌈이든 장아찌든 육류와 잘 어울린다.

봄나물에 두릅도 빠질 수 없다. 두릅나무에 엄지손가락만 한 새순이 돋으면 가지에서 떼낸 그대로 끓는 물에 소금을 조금 넣고 살짝 데친다. 이것을 찬물에 잠깐 담갔다가 채반에 밭쳐 열기를 날린 뒤 밑동을 잘라낸다. 싱싱한 두릅은 단면이 새하얗다. 순은 데쳐서 초고추장에 찍어 먹고, 조금 크면 데친 후 고추장, 고춧가루, 다진 마늘을 넣고 무친다. 두릅은 가시가 돋아 나물로 먹기 불편할 때쯤 튀겨 먹는다. 통밀가루에 차가운 맥주를 섞어 튀김옷을 만들어 입힌 다음 올리브유에 튀긴다. 튀김옷과 올리브유가 조화를 이루어 바삭하면서도 부드럽다. 양념장도 별것 없다. 진간장에 식초와 매실액 약간을 섞은 다음 메망구(산부추)나 달래·쪽파·풋마늘 중 있는 것을 종종 다져 넣고, 통깨를 부숴 넣어 향을 내면 끝이다. 메망구는 생김새는 정구지(부추) 같은데 마늘 냄새가 나는 풀로, 산마늘·멧마늘·산정구지라고도 불린다.

매콤하면서 질긴 식감인데, 향을 빼면 부추에 가깝기 때문에 야생 부추라고 여기는 사람들도 있다. 장에 찍어 먹거나 비빔밥 또는 두부전의 양념장에 넣어 향과 식감을 즐긴다. 메망구 한 다발을 고추장에 묻어 두고 장아찌처럼 먹기도 한다.

이런 풍요를 누리다가 봄나물이 억세지면 먹을 게 갑자기 싹 없어진다. 봄은 그렇게 쏜살같이 간다.

산나물이 억세지면 그때부터는 밭으로 눈을
돌린다. 밭에 고수, 곤달비, 곤드레, 참나물,
산달래, 당귀, 토당귀, 방아, 곰취, 능개승마
등 산나물의 씨나 묘목을 얻어다 자연 상태
비슷하게 해보려고 뒤섞어 심었다. 토당귀는
지리산에 있는 현기 스님이, 참나물과 취 모종은
나물을 캐는 할아버지가 산에서 가져다주신
것을 심어 해마다 잘 먹고 있다. 산나물은
밭에서도 한겨울을 견디며 얼어 있다가 봄이
오면 기다렸다는 듯이 터진다.

4백 평 정도 되는 밭에, 집에서 먹는 대부분의
것을 키운다. 밭에 심는 것들은 한꺼번에
똑같이 자라지 않고 각기 조금씩 다르게
자라기 때문에 그때그때 따 먹는 재미가 있다.
봄에는 알타리무(총각무), 가지, 토마토, 여주,
수세미, 비트, 양파, 쪽파, 상추 등의 모종을
심는다. 지난해 가을에 심어 겨울을 난 상추는
대가 굵고 아삭하고 쌉싸래하면서도 뒷맛이
달큼하다. 그 청상추에 적상추와 로메인을 더해
상추 삼총사를 완성한다.

4월의 꽃샘추위가 가시면 강낭콩과 고추
모종을 심는다. 고추에 순이 나오면 두세 번
정도 따서 고추나물을 해먹는다. 순을 따 줘야
키가 자라고 열매가 잘 열리는데, 그 김에
나물도 해 먹으니 자연의 이치가 참 지혜롭다.
그 뒤로 30일쯤 후 고구마, 참깨, 들깨, 밤콩을
심는다. 그새 상추가 쑥쑥 올라와 밥상 위에
줄곧 오른다.

정월 보름 지나 완두콩, 초봄에 감자, 가을에
시금치와 양파……. 밥상에 자주 오르는
고마운 작물도 빼놓지 않는다. 마늘은 생으로
먹는 풋마늘부터 시작해 김장 담글 때 양념으로
쓰는 마늘까지 1년 내내 양식이 되어 고맙다.
양파가 얼마나 살이 올랐나 살펴보는 일도
즐겁다. 양파는 익으면 옆으로 눕는다. 그런데
꽃이 올라오는 건 눕지도 않고 빳빳하게
서서 키만 큰다. 그게 바로 숫양파다. 이렇게
길쭉하게 생긴 수놈은 암놈보다 빨리 먹어
치워야 한다. 수놈은 알이 부실하고 매워 맛이
덜한 데다 야물지 않아 보관도 안 된다. 우리가
시장에서 보는 양파는 대부분 동그랗고 단단한
암양파다. 맛없는 숫양파는 보통 아까워서
먹는데 나는 입에도 안 댄다.

우리 집 뒷마당 한편에서는 때때로 우렁찬
닭 울음소리가 울려 방문객을 놀라게 한다.
사람으로 치면 기골이 장대한 근육질이라고 해야
할까? 탐스러운 깃털까지 포스가 남다른 우리의
토종 닭이다. 고맙게도 매일 알을 낳아 준다.
앞마당 참나무에서는 표고버섯도 자란다. 오래전
송광사에 갔을 때 표고버섯을 나눠 주셔서
먹었는데, 참 맛있었다. 송광사 현봉 스님 소개로
모악산에서 고집스럽게 표고버섯 농사를 짓는
분에게 종균 심은 참나무를 받아 20년째 키워
먹고 있다. 나무는 4~5년마다 바꿔 줘야 한다.
우리 집은 표고버섯도 물을 주며 관리하기보다는
자연 상태로 방치한다. 그래서 생산량이 많지
않다. 표고버섯도 바로 따서 먹으면 맛이 다르다.
잘 자란 싱싱한 것을 바로 따서 그대로 입에
넣으면 버섯의 독특한 향과 부드러우면서도
쫄깃한 식감이 입안 가득 전해진다. 이것을
처음 먹어 본 사람들은 무슨 표고버섯이 이렇게
쫄깃하냐고 묻는다. 갓 딴 것은 표고버섯밥을
지어 먹어도 맛있고, 야생 표고버섯으로 끓인
죽은 전복죽보다 맛있다고 소문이 날 정도다.
표고버섯 기둥은 버리지 않고 무, 다시마, 대파
뿌리, 양파 껍질 등과 함께 맛국물 낼 때 넣거나
쭉쭉 찢어 콩나물조림에 넣는다.

표고버섯은 이른 봄과 가을에 올라온다.

이 모든 것이 장안요 대문으로 들어서는
돌담길을 따라 난 길과 앞마당, 뒤꼍 그리고
밭에서 얻는 먹을거리다. 몇 년 전 서울
옥인동에 작은 한옥을 마련해 부산과 서울을
오가며 지내고 있다. 하지만 여전히 장안에
내려와야 마음이 편하다. 씨앗을 뿌리고 난 뒤
싹이 나면 그게 기특해 넋을 잃고 들여다보기도
한다. 땅이 있는 곳에서 철 따라 잎을 틔우고
꽃을 피우며 열매를 맺는 나무와 식물을 봐야
사는 것 같다.

토종 닭은 추울 때는 알을 안 낳고 초봄 꽃샘추위 지나면 하루에 하나, 봄이 되면 두어 개 낳는다.

얼음 풀려 봄 계곡에 졸졸 물 흐르는 소리,
대숲에 바람 스치는 소리, 파초잎에 후두둑
빗물 떨어지는 소리……. 그런 소리와 풍경이
좋아 먹지 못하는 것들도 가꾼다. 가마터
잡는 곳마다 동백과 매화를 심었는데 문경은
날이 추워 동백이 잘 안 되었다. 경주는 내
땅이 아니어서 나무를 못 심기에 매화를 보러
찾아다녔다. 고흥에서는 동백을 심어 울타리를
만들었다. 이제 그 나무가 여물어 온전한 담이
되었다. 사철 푸른 동백은 꽃이 붉은 채로
뚝뚝 떨어져 융단처럼 깔린다. 참 예쁘다. 꽃이
오래가지도 않고, 그 모양대로 뚝 내려앉는
것이 참으로 깔끔하다. 옛 어른들은 동백꽃이
가장 화려할 때 떨어진다고 해서 동백을 복
없는 나무라고 하며 집 가까이 심지 않았다고
한다. 절정일 때 떨어지는 것, 나는 그것이 좋다.
동백꽃이 지는 것을 보며 겸손을 배운다.

동백은 울타리로 심고, 매화는 창가에 심곤
한다. 매화는 맑은 향이 참 기차다. 다른 꽃
없는 추운 날에 피니 더욱 귀하다. 그래서인지
조선의 선비들은 매화를 시로 많이 읊었다.
석류도 창 너머에 심었다. 붉은 꽃이 피어
그대로 열매가 되었다가 벌어지면 보석 같다.
목단도 화려한 순간이 짧아 아름다운데 몇
번 옮기다가 전시장 뒤 아궁이 쪽에 심었다.
그랬더니 아무리 추워도 안 죽는다. 대신
그늘이 져서 약해지는 것 같기도 하다. 역시
한자리에서 다 누리고 살 수는 없는 일이다.

참꽃이 피면 바지락이 맛있고, 4월이면 맹종죽이 쑥 올라온다

3월이면 바지락에 살이 통통하게 오른다.
아직 봄이라고 하기에는 이른 쌀쌀한 날씨가
이어지고 다른 꽃나무들은 잎을 피우기도
전이지만 곧 온 산을 물들일 참꽃(먹는 꽃이라는
의미로 진달래를 부르는 말)이 피기 시작한다. 종종
진달래로 오해를 받는 철쭉은 진달래와 달리
잎이 먼저 나고 꽃이 핀다. 진달래는 술도
담그고 화전도 부쳐 먹지만 철쭉은 독이 있어
먹지 못한다. 그래서 철쭉은 '개꽃'이라고
부르고, 진달래는 '참꽃'이라고 한다.
바지락은 애호박과 볶으면 맛있는 반찬이
된다. 먼저 바지락에 국간장과 마늘, 고춧가루,
참기름을 넣고 살짝 볶아 반 정도 익힌 후
호박을 얇게 반달썰기해서 같이 볶고 통깨를
손가락으로 부숴 술술 뿌린다. 마늘과
고춧가루 없이 참기름에 볶은 다음 소면을
삶아 넣고 참깨를 뿌려 먹기도 한다. 이때는
호박을 길게 썰어 볶는다. 바지락은 산나물을
넣고 전을 부쳐도 별미다. 재료가 좋으면
양념이 가벼워도 맛있다.

장안요 앞마당에는 30년 넘은 맹종죽이 자라고
있다. 빠르면 4월 중순에 죽순이 올라온다.
땅에서 불쑥 솟아난 것 같은 순을 보고 있자면
그 생명력과 힘에 감탄하게 된다. 봄에는 시장에
맹종죽 죽순이 나오기도 한다. 외관만으로도
강한 존재감이 느껴지는 맹종죽은 요리를 위해
베어지는 순간조차 극적이다. 길게 반으로
가르면 추상화 같은 형상이 드러나는데,
그 모양을 보면 탄복이 절로 나온다. 칼로
죽순의 껍질을 벗겨내면 뽀얀 속살이 드러나고
일정하게 칼로 자른 듯한 톱니 모양의 패턴이
나타난다.
처음 올라오는 어린 죽순은 삶아서 초장에
찍어 먹거나 볶음을 한다. 맹종죽 죽순을
삶아서 찬물에 담가 두었다가 얇게 썰어 주로
돼지고기와 함께 볶는다. 우리 집 음식도 세월이
지나며 달라졌다. 예전에는 죽순볶음에 피망도
넣었는데 요즘은 단순하게 파만 썰어 넣고
볶는다. 돼지고기와 함께 볶을 때는 생강을
넉넉히 넣고, 풋마늘을 고명으로 올리기도 한다.

봄에 맹종죽을 먹는다면 왕죽(일반 대나무)은
장마철에 순을 먹기 시작한다. '우후죽순'은
이 왕죽을 두고 하는 말이다. 왕죽 죽순으로는
보통 고추장초무침이나 잡채를 만들어 먹는다.
죽순잡채는 대학 시절 강진 무위사 초가에
머물 때, 보살님이 해 줬다. 그게 맛있어 한참
해 먹었는데 요즘은 죽순으로 하는 음식이
많아 죽순잡채를 자주 하지 않는다.

죽순은 요령만 있으면 까기 쉽다. 우리 집 세 남자가 다 할 수 있다.

돼지고기와 죽순을 함께 볶으면 맛도 궁합도 모두 좋다.

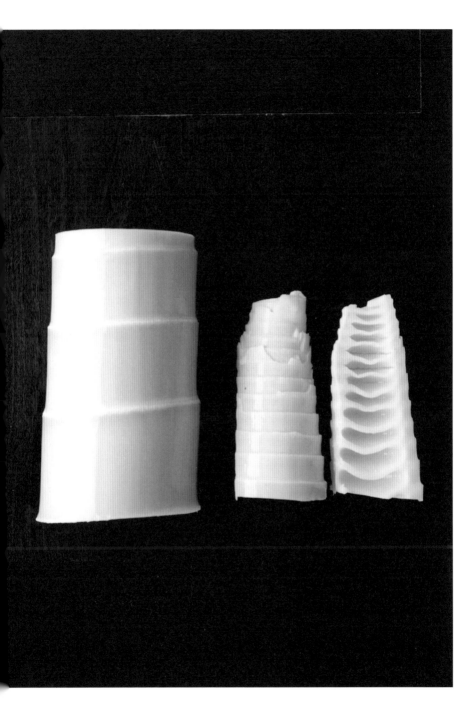

씨앗을 뿌리고 난 뒤 싹이 나면 기특해서 넋을 잃고 들여다본다.

풀과 나무와 작물을 심어서 키우고 자연이 주는 순서대로 먹는다.

계절에 순응하면 맛있는 걸 먹을 수 있다.

벚
꽃
잎
이

흩
날
릴

때
면

햇
녹
차
가

맛
있
다

4월 햇녹차가 날 때 차 한잔 진하게 마시고
봄나물을 먹는 게 우리 집에서 누리는 봄의
정취다. 나는 어려서부터 차를 마셨다.
차를 처음 마신 게 초등학교 2학년 때였다.
1960년대부터 꾸준히 한국을 방문하면서
기록하고 있는 일본 다큐멘터리 사진가
구와바라 시세이 선생의 사진집 속 어린 나는
고양이를 안은 채 주전자와 말차, 차선 옆에서
차를 응시하고 있다. 아버지의 다완을 사기
위해 일본 사람들이 우리 집을 드나들었는데,
그들에게 선물 받은 말차를 마시기도 했다.
아버지가 만든 다기와 사발로 차를 마셨고,
총각 시절 아버지에게 받은 다기 세트를 지금도
간직하고 있다.

집이 양산이라 통도사 스님들께 차를 배우기도
했다. 한때 오신채는 물론이고 육류도 전혀
먹지 않았는데, 차 맛을 제대로 보기 위한
이유도 있었다. 차를 마시다 보니 입맛도
예민해졌다. 큰아들 현민이도, 작은아들 현우도
서너 살 때부터 차를 마셔서인지 귀신같이 차
맛을 알아본다. 어린 나이에도 간혹 맛없는
차를 마시면 혀로 밀어낸다. 밥 먹고 나서
아이스 아메리카노나 디저트 음료를 챙겨 먹을
나이가 되어서도 식후에 으레 차를 찾는다.
녹차를 즐기셨던 아버지 심부름으로 고등학교
2학년이던 1980년부터 녹차를 구입하러
지리산 자락을 다녔다. 1970년대만 해도 하계
제다, 쌍계 제다 등 지리산에 차 만드는 곳이
네 군데밖에 없었다. 차밭에 차를 사러 가면
할머니들이 취를 바로 뜯어 나물을 무쳐
주셨는데, 깊은 지리산 자락에서 먹은 그 나물
맛이 지금도 생각난다. 차를 사러 가면 나물로
차린 밥상을 받고, 섬진강에서 채집한 재첩국도
한 그릇 먹고 온다. 차밭을 다니다 보면 보통
하루에 다섯 군데 정도 다니며 각기 다른 차를
마시는데, 곡우 전에 딴 강한 차를 마시면
찻잎의 냉기가 그대로 전해져 냉하다 못해 속에
탈이 나서 응급실에 실려 간 적도 있다.

차를 고를 때는 한 가지 맛이 강조된 것보다
고소함, 쌉싸래함 등의 조화를 살핀다. 차는
보통 근 단위로 파는데 산속에서 한 잎 한 잎
따는 차는 20년 전에도 100g에 1백만 원을
호가했다.

내가 좋아하는 녹차는 지리산 화개골에서
야생으로 자란 우전차다. 봄의 정기를 가득
받고 아주 여리게 올라오는 잎으로 세심하게
만들어야 한다. 벚꽃이 꽃비처럼 흩날리며 질
때 어린 찻잎이 돋아나기 시작한다. 찻잎이
참새 혀처럼 작고 여리다고 해서 '작설'이라고도
하고, 음력 4월 20일 곡우 전에 딴다고 해서
'우전'이라고도 한다. 그래서 보통 4월 20일
전후로 1년 먹을 차 양식을 사러 쌍계사로 가곤
했다. 차는 색과 향과 맛을 음미하며 마신다.
우전차를 마실 때는 찬물에 우려서 우선 색을
보고, 차 향기를 맡고, 그다음에 맛을 본다.
만들 때 지나치게 덖거나 탄 차는 색이 맑지
않다. 일본식 말차는 그늘 아래서 자란 연하고
부드러운 잎을 쪄서 말린 뒤 맷돌에 갈아
만든다. 말차는 수확하는 시기에 따라 종류가
다른데 굉장히 진한 말차를 '농차'라고 하고,
연한 건 '박차'라고 한다.

말차는 사계절 마신다. 말차를 낼 때 겨울에는 두툼한 잔을 고르고, 여름에는 분청자기를 집는다.
계절뿐 아니라 날씨도 고려하고 손님이 입고 온 의상도 살핀다. 색이 맞으면 재밌지 않은가.

잎차는 작은 찻잔에 마시고, 말차는 찻사발, 즉
다완에 담아 마신다. 처음 물레를 배웠을 때도
종지부터 만들고 컵-사발-병-항아리 순으로
배웠다. 말차를 마실 때는 잔과 차의 색 대비와
촉감도 중요하다. 최고는 분청자기다. 말차는
뜨거울 때 마셔야 하는데, 열이 서서히 전달되기
때문에 잡았을 때 따뜻함과 함께 그릇의
촉감이 그대로 전해진다. 말차 잔은 계절을
탄다. 덤벙 다완은 화사한 봄날이나 여름에
어울리고, 다소 거친 촉감의 이라보 다완은
늦가을에, 담백하고 소박한 이도 다완은 겨울에
어울린다.

나는 지금도 차 마시는 그릇을 만드는 게 좋다.
아마도 내가 도자기를 배운 바탕이 차라서
그런 것 같다. 차를 마시다 보면 그릇을 여러
가지 면에서 볼 수 있다. 차에 쓰는 도자기는
감상 포인트가 다양하다. 그 점도 좋다. 그릇을
만들어 온 시간을 되돌아보면 아주 정교하게
만들기 시작해서 점점 어리숙하고 단순하고
기교가 없는 흙덩어리 같은 그릇으로 옮겨 가는
것 같다.

좋은 차를 마신다는 것은 좋은 그릇을 만드는
것과 같다. 우선 차밭이 좋아야 한다. 그릇으로
치면 흙, 와인으로 치면 테루아르(terroir)라고
할 수 있을까? 모든 조건이 다 맞아떨어질 때
좋은 차가 나오듯이 도자기도 마찬가지다.
좋은 기후와 조건은 음식이나 그릇이나 차나
모두 다 똑같다. 벚꽃이 휘날리고 나서 찻잎이
올라오면 우전차를 따서 봄에 구운 새 찻잔에
담아 친구들과 나눠 마신다. 봄날의 풍류다.

새
들
은
　
겨
울
에
　
만
나
　
봄
에
　
짝
을
　
짓
는
다

봄은 놀기도 좋은 계절이지만 일하기도 좋은
때다. 긴 겨울 동안에는 나무를 해서 패 놓고,
봄이 오면 흙을 수비해 밟고 숙성시킨다.
그렇게 준비를 끝내고 드디어 물레를 찬다. 이제
아무것도 안 하고 그릇만 만든다. 오직 흙과
물레만 보는 날들이 이어진다. 봄에는 해뜨기
전에 작업을 시작해서 해가 져야 일이 끝난다.
보통 새벽 2시에 일어나 하루를 시작하고
짬을 내 집에서 장안사까지 왕복 8km 거리를
아침저녁으로 걷는다. 특히 목물레 찬 날은
몸이 틀어지고 허벅지에 피멍이 들어 걷지
않으면 허리가 아파 못 산다. 바뀐 계절을 볼
여유도 없이 직업징이 그릇으로 가득 찬다.

봄날의 새들은 새벽녘 저음으로 시작해 점점 고음으로 노래하는데, "너 밤에 별일 없었어? 나도 별일 없었어"라고 하는 것 같다. 해가 중천에 뜨면 소리가 점점 커지다가 짝 지을 때가 되면 온갖 다양한 소리를 내 가며 예쁘게 운다. 짝을 짓고 사랑을 나누고 알을 낳을 때까지 그 어여쁜 소리가 이어진다. 그러다 알이 부화하고 새끼가 태어나면 아기 새 소리가 더해진다. 이른 아침부터 밥 달라고 종알거리는 아기 새와 먹이를 물어 와 새끼에게 먹이는 어미 새, 새 가족의 소리가 봄처럼 분주하다. 새도 사람과 다르지 않은 것 같다. 아이 키우는 부모들이 분주한 것처럼 아기 새를 키우는 새들은 소리부터 바쁘다. 아기 새가 웬만큼 크면 엄마 새와 아빠 새가 조용해진다. 새끼를 키우느라 힘을 다 써서 그런가 보다. "모하노? 마, 됐다. 다 귀찮다." 이런 심정인 걸까? 다 자라난 새가 둥지를 떠날 때가 되면 부모 새 우는 소리는 거의 들리지 않는다. 그렇게 6월 말이 되면 새소리가 잦아들고 매미 소리가 들리기 시작한다. 여름이다.

물레를 발로 차서 물레를 '찬다'고 표현한다.
사람들이 내가 발물레 차는 것을 보고 놀라는데 내게는 당연한 일이다.

여
름

밭에서 나는 것에 따라 밥상이 달라지고,

노동량에 따라서도 음식이 바뀐다.

흙일을 하느라 땀을 뻘뻘 흘리는 날엔 고기를 삶는다.

여름에는 보양으로 장어를 먹고, 청각냉국을 수액 삼아 마신다.

무엇을 먹든 일상의 밥상이 양식(糧食)이다.

원추리는 어린잎을 나물로 먹는데 나는 나물보다 원추리꽃을 보려고 키운다.
다른 꽃이 졌을 때 꽃이 피기 때문에 귀하다.

당귀는 잎과 뿌리를 먹는다.
토당귀는 잎이 두툼하면서 크고, 잎당귀는 잎이 얇으면서 작고 향이 더 강하다.

8월 말 방아꽃이 저도 냄새는 여전하다.

여름은 풀이 무성하다. 때마다 나오는 갖은
잎사귀로 쌈 싸느라 지루할 틈이 없다. 우리 밭
상춧잎이 점점 얇아지고 거뭇거뭇해지는 사이
로메인이 더위를 견디며 단단해진다. 장마가
져도 작물들은 이렇게 저렇게 잎을 키우고
열매를 맺는다. 초여름 더위가 시작되면 평상에
걸터앉아 점심을 먹는다. 고추장·된장 섞어
만든 쌈장에 두부, 땡초(청양고추), 표고버섯,
호박, 차돌박이, 고춧가루, 마늘을 다져 넣고
자작하게 짜박된장(강된장)을 끓인다. 더위에
정신 번쩍 들라고 땡초를 아낌없이 넣는다.
여름엔 이렇게 쨍한 맛이 좋다. 내 손바닥보다
큰 머위잎에 갓 지은 밥과 짜박된장 한 술을
올린다. 조금 지나면 머위가 억세어질 테니,
보드라운 줄기까지 한입 가득 먹는다. 그 맛이
좋아 잠깐이나마 세월도 잊는다.

땀을 많이 흘리는 여름에는 젓갈로 입맛을 깨운다. 고흥에서 나는 굴인 진석화에 끓인 간장을 부어 담근 진석화젓은 고흥에서 사다 먹는다. 기장 갈치젓과 전어 내장으로 담근 밤젓도 쌈장으로 좋다. 갈치젓은 12월 김장철에 너비가 3미(어른 손가락 세 개 붙인 정도의 길이)가량 되는 것을 구해 머리와 꼬리를 자르고 내장을 뺀 후 어슷하게 썰어 소금에 절인다. 갈치젓을 꺼내 청양고추, 생강, 마늘, 참기름, 깨소금을 넣어 무친 후 먹기 전에 식초를 몇 방울 넣는다. 이렇게 간간하고 감칠맛이 도는 것들로 입맛을 잃지 않도록 다져 놓고 무더위를 맞는다.

7월에는 냉국을 시작한다. 가마에 불을 때거나 흙을 다지느라 땀을 많이 흘린 날은 부엌이 분주하다. 사슴 뿔을 닮은 청각은 데쳐서 물기를 짠 후 송송 썰고, 늙은 오이는 속을 쑥쑥 파내 가늘게 채 썰고, 염장 미역은 먹기 좋게 준비해 둔다. 슬라이스한 양파, 적양파를 준비하고, 청고추, 홍고추를 넣어 칼칼하게 먹기도 한다. 오이는 미역냉국에만 넣는다. 냉국에 들어가는 재료는 국간장으로 밑간한다. 냉수에 국간장과 식초를 넣은 다음 설탕과 마늘을 약간 쳐서 맛을 내고, 밑간한 재료에 맛을 낸 냉수를 부은 다음 상에 내기 직전 얼음을 동동 띄우고, 통깨를 넉넉히 뿌린다. 파란 해초와 얼음이 청량하다. 아버지는 냉국 한 그릇이 링거 한 병 같다고 말씀하시곤 했는데, 청각냉국 한 사발을 들이켜면 수분이 몸속에 속속들이 퍼지는 기분이 든다.

어린 시절 셋방살이할 때 주인집에서 여주 심은 것을 보았다. 몇 년 전 네팔에서도 여주를 보았다.
호기심에 한번 심었다가, 요즘은 매년 심는다.

비
내
리
면
정
구
지
전
굽
고
,
장
마
지
면
철
모
으
러
나
가
고

그릇 만드는 사람에게 장마는 보릿고개다. 비가
오면 흙일을 할 수도 없고, 불을 땔 수도 없고,
물레를 차도 그릇이 제대로 마르지 않는다.
옹기도 여름에 구운 건 안 산다는 말이 있을
정도다. 가마가 눅눅하기 때문이다. 반면 찬
바람 불고 공기가 바싹 마르는 가을에 구운
옹기는 톡톡 두드리면 땡땡 쇳소리가 난다.
〈조선왕조실록〉 등의 기록에 의하면 흉년이
들면 그릇 만드는 사람들이 가장 먼저 굶어
죽었다고 한다. 봄에 한창 농사일을 할 때
그릇 만드는 사람들은 농사를 못 짓고 그릇을
굽는다. 그릇을 굽는다는 게 한 번 시작하면
여름 빼놓고는 늘 일이 있는 데다가 옛날에는
나라에서 그릇 굽는 사람들은 두 가지 일을
못하게 하기도 했다. 게다가 흉년이 들면
나라에서 곡식을 주는데 그릇 만드는 이들은
그것마저 못 받으니 가장 먼저 굶어 죽는다는
말이 나온 것이다. 긴 장마가 되려나 싶어
심란한 마음에 정구지전 몇 장 굽고 막걸리 한
되 받아 사발에 가득 채운다.

여름에는 밭에서 뜨거운 볕을 받고 키운 것을
챙겨 먹으며 힘을 얻는다. 하지만 장마철이
되면 궂은 비에 여름 풀들이 하나둘 녹아
버리는데 정구지만큼은 끄떡없이 살아 있다.
가을에 그릇 빚고, 불 때고, 몇 날 며칠 불을
돌보며 그릇 굽는 힘이 정구지에서 나오지
싶다. 정구지밭은 부엌에서 엎어지면 코 닿는
데 있다. 처음 올라오는 여린 정구지는 밑동이
불그스름해서 '아씨 정구지'라 부른다. 새순이라
발이 보드랍다. 정구지는 방앗잎과 땡초를 같이
넣어 전을 부쳐 먹고, 송송 썰어 양념장으로도
즐겨 먹는다. 신기하게도 사 온 부추는 질겨서
이 사이에 끼는데 우리 밭에서 딴 것은 그렇지가
않다.

이놈의 장마는 언제쯤 끝나려나.

장마철이면 작업을 못하는 대신 가마터 주변을 다니며 비에 쓸려 내려오는 도자기 파편을 보러 다닌다. 파편은 그릇 만드는 사람들에게 중요한 자료다. 흙과 유약 등 옛 그릇을 연구하는 데 도움이 되고 아이디어도 주기 때문이다. 비가 많이 오면 철을 수집하러 다닌다. 길이 20cm에 무게가 3kg 정도 되는 자석을 들고 산으로 올라가 물길에 가로로 세우고 비에 떠내려오는 철을 모은다. 예전에는 비를 맞으면서 혼자 다녔는데 이제는 두 아들이 나를 돕는다. 이렇게 비를 쫄딱 맞으며 모은 철을 흙에 섞으면 조선 시대 옛 그릇 맛이 난다. 사서 쓰는 산화철로는 이 자연스러운 색과 점진적인 발색을 흉내 낼 수 없다. 그릇 만들 때 철을 빼야 한다는 사람이 있는데 나는 그렇게 생각하지 않는다. 철이 들어간 흙으로 빚은 그릇은 훨씬 자연스럽고 흙답다.

비가 좀 덜 내리는 날에는 가을에 쓸 흙을
만든다. 요즘에는 흙 공장에서 다 만들어
주지만 나는 여전히 발로 흙을 밟고
숙성시킨다. 여름에는 반바지와 러닝셔츠만
입고 일을 해도 땀으로 흠뻑 젖는다. 땀 범벅이
된 몸에 찬물을 몇 번 끼얹고 또 흙을 밟는다.
2017년 영국 그리즈데일 아트센터 초청으로
레이크 디스트릭트(Lake District) 로손 파크(Lawson
Park)의 짧은 레지던시 프로그램에 참가한 적이
있다. 18세기 영국에서 평론가 존 러스킨과
러스킨에게 영향을 받은 사상가 윌리엄
모리스가 산업혁명으로 예술이 기계화되고
양산되는 것에 반발해 중세의 장인처럼
수공예를 중시해야 한다고 주장했는데, 이들의
사상은 19세기 아트 앤드 크래프트 운동으로
이어졌다. 그리즈데일 아트센터는 이 정신을
이어받아 세운 곳이다. 존 러스킨이 여생을 보낸
집을 아트센터로 꾸민 덕에 그의 활동 흔적이
곳곳에 남아 있다.
아트센터를 방문해 도자기 작업을 시연하고,
함께 요리도 했다. 한국의 도예를 보여 주는
시간이 있었는데, 내가 도자기 제작 시연을 위해
직접 흙을 발로 밟는 걸 보고 워크숍에 참가한
현지인들이 깜짝 놀랐다.

오랜 도자기 전통을 지닌 영국 사람들이
발로 흙을 밟는 모습을 보고 놀라워한다는
사실에 내가 더 놀랐다. 도예의 전통이 깊은
영국에서조차 흙을 직접 밟는 모습은 신선한
광경이었던 것이다. 그리즈데일 아트센터에서
나의 도자 작업을 본 맨체스터 살포드대학의
최인숙 교수와 로빈 바거(Robin Bargar) 교수가
2018년 겨울 장안에 왔다. 대학의 미디어팀을
이끌고 달항아리 만드는 전 과정을 촬영한
작품은 2019년 베네치아 비엔날레 기간 중
유럽문화센터에서 전시되기도 했다.
그리즈데일에 있을 때 맨체스터의 한 레스토랑에
갔다. 레스토랑의 셰프 샘은 그날 잡은 생선 등
현지의 신선한 식자재로 만드는 16개의 코스
요리를 선보였는데, 그중 지역에서 나는 콩으로
만든 된장은 정말 짰다! 나는 현지에서 재배한
가지와 한국에서 가져간 죽순, 건고사리 등으로
한국 음식을 만들었다. 서로 이국의 로컬 푸드를
먹으며 지역 음식을 좋아하는 마음과 이질적인
맛을 공유했다.
2018년 가을에는 한영 문화 교류 프로그램을
준비하기 위해 아트 디렉터 애덤(Adame Sutherland)이
장안에 왔다.

그와 함께 막걸리, 김치, 가죽장아찌, 청어김치, 농어회를 먹었는데 예상 외로 무척 좋아했다. 애덤도 나처럼 동네에서 나는 제철 재료로 음식을 만들어 먹고 성실한 노동의 즐거움을 소중히 여기는 사람이다.

그는 인근에서 나는 베리로 잼을 만들고 동네에서 키운 양으로 소시지를 만든다. 애덤 이후에도 영국에서, 독일에서, 일본에서, 프랑스에서 많은 사람이 장안요를 찾아왔고 모두 우리의 로컬 음식을 맛있게 먹었다.

산나물과 와인의 조합, 돼지고기 숯불구이와 겉절이의 만남은 언제나 인기가 좋았다. 그 외에도 동치미, 된장, 유자무생채, 비빔밥 등 모든 음식을 근처에서 구한 신선한 재료로 준비했다. 사찰 음식도 마찬가지로 주변 재료를 즐겨 쓴다. 스님들은 동안거나 하안거 때 선방에 모이면 각 사찰의 음식 이야기를 나눈다. 부산 범어사에서는 생미역을 나물처럼 무쳐서 먹고, 영주 부석사에서는 인삼 농사를 많이 지어 인삼 실뿌리를 모았다가 나물을 무친다.

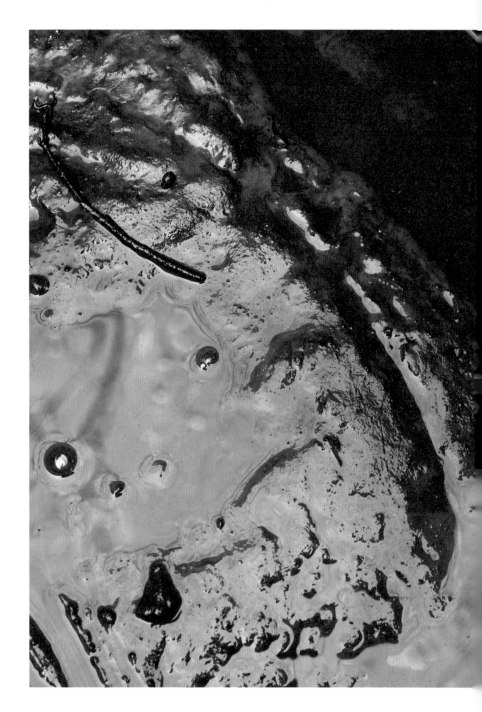

약토.

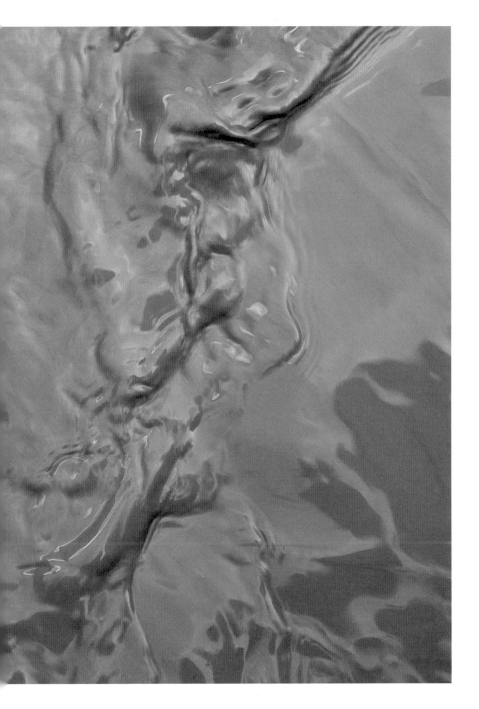

수비해 둔 약토.

꼬박밀기. 손으로 흙 반죽하는 전통 방법.

귀얄 작업을 하고 나면 바닥에 분이 흐드러진다.

냉면 육수는 달라도 면은 매번 뽑는다

냉면도 빼놓을 수 없는 여름 대표 메뉴다. 어떤
날은 아침을 냉면으로 시작해 세끼 내리 먹기도
한다. 물론 냉면은 여름에도 먹고 가을에도,
겨울에도 먹는다. 늦가을 무가 맛있을 때는
무채를 무쳐 고명으로 얹고, 1~2월 동치미
국물이 싸할 때는 그 국물에 냉면을 말고, 여름
열무가 맛있을 땐 열무김치를 듬뿍 얹는다.
장안은 물 빠짐이 좋은 땅이라 무, 열무, 잔파가
맛있다. 특히 알타리가 아삭하고 부드러우며
수분이 적당해 알아준다.
5월 말부터 거의 한 달간 밭에서 열무를 솎아
내 김치를 담근다. 열무를 11년 된, 간수 뺀
천일염에 절여서 건져 내고, 그 소금물에
홍고추와 빨간 피망을 쓱쓱 갈아서 넣은 다음
보리쌀 삶은 물을 붓는다. 여기에 생강과
마늘을 넣고, 국간장으로 마지막 간을 해 절인
열무에 붓는다.

때마다 밭에서 나오는 채소에 열무김치 익은
것 썰어 넣고 짜박된장을 끓이면 밥 한 그릇
뚝딱이다. 기본으로 양파 숭덩숭덩 썰어 넣고,
감자도 적당히 넣는다. 방앗잎 나면 방앗잎
넣고, 버섯이 나면 버섯을 넣는다. 조개 있을
때는 조개, 두부 있으면 두부도 넣는다.
열무김치의 열무청을 데쳐서 젓국, 산초가루,
마늘, 생강, 깨를 넣고 나물로 무쳐 먹어도
맛있다. 열무김치 담가 두면 두루두루
요긴하다.

다시 냉면으로 돌아오면, 냉면 국물은 주로 닭고기 삶은 물이나 동치미 국물로 만들고 그때그때 나는 재료에 따라 조금씩 다른 국물을 낸다. 있는 재료를 이래저래 넣다가 우연히 나오는 맛도 매력이 있다. 냉면으로 유명한 맛집을 아무리 다니며 먹어 봐도 집에서 먹는 게 가장 맛있다. 내 집 음식이라 내 입에 맞는 것이겠지만 면을 직접 뽑아 만드니 별미일 수밖에 없지 않나 싶다. 우리가 워낙 냉면을 즐겨 먹으니 지인이 냉면 뽑는 기계를 선물해 주었다. 면 반죽은 메밀가루를 주로 쓰되 통밀가루를 20% 정도 섞고 여기에 전분을 조금 넣는다. 반죽을 할 때는 팔팔 끓는 물을 넣어 익반죽한다. 물을 달팽이 모양으로 부으며 바깥쪽에서 가운데를 향해 가루를 모아 가며 반죽한다. 여름에는 약간 된 반죽을 해야 면이 퍼지지 않고 쫄깃하다. 질면 반죽하기는 쉽지만 면이 무른다.

어느 날 지금은 돌아가신 불화장
국가무형문화재 석정 스님께 메밀국수를 대접할
일이 있었는데 식당의 국수가 메밀보다는
밀가루가 많이 들어간 면이었다. 노장께서
맛있다 하시는데 솔직한 말은 못하고, 후에
우리 집으로 초대해 냉면을 대접했다. 뭘 많이
안 드시는 스님께서 맛있게 드시고는 그
후로 해마다 우리 집에 오셨다. 한번은 냉면
하는데 오시라고 말씀드렸더니 식구가 많다고
망설이시다가 제자들을 승합차에 태워 함께
오시기도 했다.

우리 집 냉면은 국물이 담백하고, 면의 메밀
함량도 높은 데다 밀가루 대신 통밀가루를
넣어 더 구수하다. 면을 한 번 뽑으면 곱빼기
네 그릇 정도가 나오기 때문에 냉면 하는
날이면 이웃이나 친구를 부른다. 냉면만 먹으면
서운하니 돼지고기 좋은 게 나오면 수육으로
삶고, 시장에 문어가 있으면 통째로 삶아 얇게
썰어서 곁들인다.

문어는 머리와 내장까지 통째로 삶아 먹기
때문에 싱싱한 걸로 고른다. 삶기 전에 빨판과
그 주변을 깨끗이 씻어 물이 팔팔 끓을 때 넣은
뒤 색이 변하면 얼른 꺼내어 다리와 머리를
분리하고 굵은 다리는 어슷썰기한다. 머리가
작은 돌문어는 툭툭 토막 내 머리와 내장을
함께 썰어 낸다. 참소라는 물을 잠길 정도로
붓고 삶아 살만 발라서 잘라 얹는다. 전복을
올리거나 삶은 닭고기를 곁들여도 괜찮다.
정해진 것은 없다. 그저 냉면에 단백질을
곁들이면 좋겠지 싶어, 더운 날 지치지 않으려고
고명으로 갖추어서 한 술 뜨는 것이다.

냉면은 메밀가루에 통밀가루를 20% 정도 섞어 반죽한다.

물
김
치
는

머
리
를

맑
게

해

준
다
지

경상도 지방에는 콩잎 반찬이 흔하다. 우리는
콩 농사를 지으면서도 콩잎은 안 먹다가 어느
날 콩잎물김치를 한 번 담근 이후로 때마다
챙긴다. 예전에는 잎을 하나씩 따서 담갔는데,
한 줄기에 보통 잎 세 장이 달리는 것을
줄기째로 담그니 더 맛있어서 그렇게 하고 있다.
콩잎물김치에도 보리쌀 푹 삶은 물을 쓴다.
우리 집은 사철 물김치를 담근다. 겨울에는
동치미를 담그고, 봄에는 돌나물과 청방배추
(파란 잎 결구배추)·알타리무, 여름에 비가 많이
오면 양배추와 적양배추, 가을에는 배추와 솎아
낸 무 등으로 물김치를 한다. 결혼 전 아내가
양산 집에 처음 왔을 때 갓으로 담근 보라색
물김치를 보며 신기해 하던 표정이 떠오른다.

물김치를 '신봉'하게 된 나의 사연은 이렇다.
어릴 때 연탄가스 맡은 적이 있다. 그 시절
종종 일어나던 일이다. 다른 사람들은 약을
먹고, 나는 동치미 국물을 먹었는데 약 먹은
사람보다 내가 빨리 깼다. 우연인지는 몰라도
물김치가 머리를 맑게 해 준다는 말을 그때
몸소 느꼈고, 이후로 물김치를 즐겨 먹는다.
건더기보다 국물을 좋아한다. 생각해 보면
고깃국마냥 물김치도 국물이 진국이지 싶다.
열무청 넣은 짜박된장이나 비빔밥은 나의
물김치 먹는 버릇 때문에 생긴 음식이다. 국물을
즐겨 먹으니 건더기가 남고, 그걸 버리기는
아까우니 된장에도 넣고, 비빔밥에도 넣은
것이다.

콩잎김치는 5월 중순부터 담근다. 사진의 콩잎처럼 억세지면 이미 때는 늦었다.

호
박
이

늙
으
면

스
테
이
크

처서 지나 더위가 한풀 꺾이나 싶은 8월
말쯤부터 9월로 넘어가는 시기에 호박은
스테이크가 된다. 두툼하게 잘라 구우면
모양새가 꼭 스테이크다. 여기서 호박은
둥글둥글한 재래종 조선호박을 말한다.
동이호박이라고도 부르는 잎이 크고 무성한
호박 말이다. 봄에 심어 호박잎 먹다가
야들야들한 애호박 먹고, 여름에 농익은 것을
먹고, 늦가을 늙은 호박까지 알차게 먹는다.
생장 단계마다 모든 부위를 이렇게 저렇게 먹을
수 있으니 참으로 대견하고 고맙다.
8월 말이 지나면 조선호박을 1~1.5cm 정도
두께로 두툼하게 썰어 달군 프라이팬에
들기름이나 올리브유를 두르고 앞뒤로 굽는다.
끝물 호박은 수분이 적어 구웠을 때 끝자락이
아삭거리는 맛을 즐길 수 있다. 단맛도 진하다.
고춧가루·국간장·진간장·설탕을 약간씩 넣고,
잔파·고수·통깨·잣까지 다져 넣은 양념장을
올려 먹으면 맛도 좋지만 차린 듯 폼도 난다.

양념장에 넣는 푸성귀는 잔파가 보이면 잔파,
고수가 있으면 고수 등 그때그때 나는 것을
넣는다. 더워서 이도 저도 귀찮으면 굵은소금만
툭 뿌려 먹어도 맛있다. 요즘 말로 '단짠단짠'의
토종 버전이랄까. 늦여름 호박의 매력이다.
여름에는 가지가 많으니 가지선도 자주 한다.
끝물 가지는 물기가 적어서 찐 다음 식초 한
방울 넣고 나물로 무치거나 전을 부치거나
가지선을 하기에 제격이다. 가지를 8cm 정도
길이로 잘라 십자로 칼집을 넣은 뒤 칼집
사이에 다진 쇠고기와 이런저런 조갯살·새우살
등을 넣고, 방앗잎·홍고추·청양고추·마늘을
다져서 꼭꼭 눌러 듬뿍 넣는다. 방앗잎은
소화를 돕고 찬 기운을 막아 준다고 알려져
있으며 경상도 쪽에서 여름 요리에 많이 넣는다.

쪽파는 두 번 맛있다. 봄에 맛있고, 가을에 맛있다.
봄에는 쪽파가 어려 야들야들하고, 가을에는 파뿌리가 굵어지면서 달다.

먹지 않아도 키우는 것이 있다. 수세미.

겨울에 담근 청어김치가 곰삭는다

여름이면 지난해 담근 김장 김치가 푹 익는다.
특히 생선 넣어 담근 김치를 마침맞게 먹을
때다. 생선 넣은 김치 중에서도 청어김치가
단연 최고인데, 여름이면 청어의 잔뼈가
녹을 만큼 곰삭아 참말로 꿀맛이다. 곰삭아
부드러우면서도 탱탱함이 살아 있는 청어가
김치 사이사이에서 씹히면 입안에 군침이 가득
돈다. 장안요에서 이 김치를 맛본 이들이
레시피를 물어 가르쳐 주었는데, 여러 번
시도해도 번번이 제대로 안 되었다고 한다.
솜씨 때문이겠나, 재료가 달라 그렇겠지. 싱싱한
배추와 좋은 양념까지는 어떻게 갖춘다 해도
싱싱한 생선을 구하는 건 쉽지 않은 일이다.
바다에서 잡아 내륙으로 가는 도중에 아무래도
선도가 떨어지게 마련이니까. 우리가 김장
김치에 청어를 넣겠다는 생각을 한 건 가까이
바다가 있기 때문이었다. 싱싱한 청어가 나는 걸
보고 '이거다!' 싶었다.

음식과 삶은 주변 자연과 환경의 변화에 영향을
받는다. 장안요도 그렇다. 세월이 흐르면서
산과 바다가 변했고, 그에 따라 우리 집 음식도
달라졌다. 처음엔 김장 김치에 갈치와 참조기를
넣다가 장안 앞바다에서 청어가 잡히면서
청어김치로 바뀌었다. 바다에서 나는 것 중에는
까막바리(참까막살), 쥐꼬레이(쥐꼬리를 닮은 해초)
같은 해초류나 영동조개, 코끼리조개 등의
조개류가 예전처럼 장에 흔히 보이지 않는다.
수온이나 뻘 등의 환경이 바뀌었단 뜻이다.
문경에서 많이 나던 병풍초나 자연산 취, 자연산
고사리도 점점 구하기가 힘들다. 숙달된 손과
오랜 경험으로 평생 나물을 캐던 할머니들이
돌아가시고 나니 이제는 그렇게 악착같이 깊은
산속까지 들어가서 캐려는 사람도 없다.
예전에는 땔감 등으로 산에 있는 나무를
베었지만 이제는 땔감 수요도 없고 나라에서
벌목을 금지하다 보니 나무 베인 자리에서
자라는 맛있는 자연산 도라지도 덩달아
줄어들었다.

한 해 묵은 청어김치. 가시는 곰삭고 살은 탱탱하고.

재료는 다양해지고 조리법은 단순해지고

가마가 모두 외딴 곳이나 깊은 산중에 있다
보니 가마 가까운 데서 쉽게 구할 수 있는 걸
먹게 되었다. 문경에서는 닭계장을 끓일 때 말린
산나물을 넣는다. 이웃 영주네가 만든 손두부도
자주 먹었다. 고흥에 있을 땐 1년 365일 매일
조개가 나니 뭘 만들든 조개를 단골로 넣었다.
머윗대 줄기를 벗겨 데쳐서 파는 걸 사다가
바지락과 함께 들깻가루·국간장·참기름을
넣어 볶기도 하고, 애호박을 국수처럼 길게 썰어
바지락과 볶아 먹기도 했다.
여주는 1997년에 인도를 거쳐 네팔을 여행할 때
먹기 시작했다. 요즘이야 여주가 많이 알려져
있지만 당시 우리나라에서는 낯선 식물이었다.
어릴 때 문간방에서 셋방살이한 적이 있는데
주인이 집 마당에서 여주를 키우던 것이
생각난다. 여주는 열매가 벌어지면 오렌지색이
되는데 그 안에 든 씨앗이 무척 달콤하다.

네팔 시장에 가니 긴 것, 짧은 것 다양한 여주가
있었다. 가이드가 현지 사람들이 약간 쌉싸래한
여주의 맛을 좋아한다고 말해 주었다. 호기심이
일어 여주가 나오는 전통 음식점을 찾아갔다.
아주 어린 여주를 얇게 슬라이스해서 부각으로
만들어 주는데, 거부감 없이 맛있게 먹었다.
여주는 카레나 탄두리 치킨에도 들어간다고
한다. 두 번째로 네팔에 갔을 때는 셰르파가
시장에서 여주를 사서 트레킹 중에 나물처럼
볶아 주기도 하고 수프에 넣어 주기도 했다. 그
뒤로 몇 년 후 여주 씨앗을 구해 심었다. 우리는
애호박 볶듯이 볶거나 부각을 해 먹는다.
요즘 많이 먹는 비름도 예전에는 잡초 취급을
받다가 나물이 귀해지면서 많이 먹게 되었다.
비름은 비를 맞으면 순식간에 번져 나간다.
살짝 데쳐서 된장에 무치거나 비빔밥에 넣어도
맛있다. 작년 여름에는 비가 많이 와서 지천에
비름이었다.

입맛 없는 여름에는 쌉싸래한 여주가 반갑다.

장안은 복 많게도 바다와 시장이 가까이 있다
보니 신선한 해산물을 풍부하고 다양하게
먹을 수 있다. 우리 집 음식은 시간이 지날수록
재료는 다양해지고 조리법과 양념은 단순하며
담백해진다. 장맛은 세월이 흐를수록 깊어진다.
특히 고추장은 밭에서 직접 키워 뒷맛이 매운
고추를 가지고 엿기름과 찹쌀 풀을 쑤어
담가 그런지 '맵단짠' 맛의 조화가 좋다. 장이
맛있으면 음식도 덩달아 맛있다. 음식의 재료가
좋으면 특별히 뭔가를 더할 필요가 없다.
송이버섯 두 꼭지만 있어도 훌륭한 채수가 되지
않는가. 라면에도 송이버섯 조금 넣으면 그것은
여느 라면이 아니다. 그릇도 그러하다. 흙이
좋으면 뭔가 다른 걸 첨가할 필요가 없다.

음식도 그릇도 시간과 환경에 따라 변화한다.
흙도 전문 광산과 채굴해 주는 이들이 있어
옛날에 비하면 더 쉽게 구할 수 있다. 옛날엔
사람이 눈으로 보면서 손으로 직접 파니까 훨씬
귀하고 비쌌다. 흙 한 자루 값이 쌀 한 가마니의
몇 배나 되었다. 그래서 좋은 흙이 나오면 삽도
물레도 깨끗이 씻고 신발도 털며 신줏단지
모시듯 했다. 유약 종류는 점점 다양해졌다.
문경 가마 시절에는 산이 깊어서 느릅나무를
베어다 재를 만든 다음 유약을 만들었는데,
요즈음은 장안요 황토 구들방에서 때는 나무의
재로 다양한 유약을 만들어 쓴다. 푸른빛을
내는 참나무 재를 많이 쓰고, 약토에는
거무스름한 빛을 더하는 소나무 재 유약을
섞는다.
전통이란 앞으로 나아가기 위한 디딤돌이다.
과거에 머물러 있는 것이 아니라 과거를
발판으로 끊임없이 나아가야 한다. 과거에만
갇힌다면 전통이 무슨 의미가 있겠는가.

장
안
요
여
름
보
양
식
은
갯
장
어

갯장어는 흔히 일본어인 '하모'로 불린다.
하모는 아무것이나 잘 물어서 '물다'라는 뜻의
일본어 '하무'에서 유래한 이름이라고 한다.
7월부터 고흥, 여수, 목포 등 전라도 쪽에서
잡히는 갯장어를 우리 집에서는 여름 최고의
보양식으로 친다. 비가 많이 오는 날이나
장마철에 먹는다.
2002년 기장에 10kg짜리 갯장어가 잡힌 적이
있다. 어마어마한 길이와 몸집의 갯장어를 처음
보고 충격을 받던 아내의 모습이 기억난다.
푹 고아서 먹으려고 냉면 육수 내는 통에
넣었는데, 아내는 들어앉은 모습이 꼭 구렁이
같다고 했다. 그날 잡은 갯장어는 워낙 양이
많아 이웃과 두루 나누어 먹었다.

갯장어는 주로 머리, 껍질, 등뼈를 제거한 뒤
칼집 넣고 토막을 내서 샤부샤부로 먹는다.
양파를 반으로 잘라 그릇 삼아 손바닥에
놓고 갯장어 한 토막, 쌈장, 마늘을 올려
쌈처럼 먹는다. 일본에서는 갯장어에 기름기가
많아지는 7월 이후에는 잘 먹지 않는데,
우리나라 사람들은 기름진 갯장어를 더 즐긴다.
갯장어를 잡는 고흥 어민들은 이런 입맛 차이가
있어 "참 다행"이라고 말한다. 비싼 갯장어를
7월부터는 한국에서 마음껏 맛볼 수 있기
때문이다.

계
화
씨
,
계
화
씨
!

하루에 스무 번은 부르는 이름, 임계화.
아내이자 동료이며 나의 모든 걸 알고 있는
인생의 동반자. 아내는 내가 작업을 잘할 수
있도록 옆에서 그림자처럼 돕는다. 아내를
처음 만났을 때 나는 장안 가마에서 혼자
지내고 있었다. 하루에 1시간만 전화선을
연결하던 때라 통화도, 대면도 수월하지가
않았다. 어느 날 계화 씨가 부전시장에서 파는
닭 모래주머니를 사 가지고 왔다. 와인도
한 병 들고 와서는 와인과 씨겨자를 넣고
닭똥집볶음을 했는데, 내가 너무 맛있게
잘 먹으니 일주일 내내 해 주었다. 일주일
동안 주는 대로 먹다가, 8일째 되는 날 내가
말없이 나물을 직접 무쳐 먹었더니 그 뒤로는
닭똥집볶음을 절대 하지 않는다. 뭐든 내 입맛에
맞추고 모든 음식을 손수 하느라 그동안
고되었을 것이다.

결혼하고 나서 점점 더 많은 부분을 아내와
나누고 의지한다. 나는 부부 관계에서 사랑보다
믿음이 중요하다고 생각한다. 내가 끊임없이
새로운 상황을 만들면 계화 씨는 이해가 되지
않아도 일단 기다려 준다. '이 사람이 이렇게
하는 데에는 분명 무슨 생각이 있을 거야'
싶으니 기다려 주는 것 같다. 그게 믿음이다.
아들과 어머니처럼, 딸과 아버지처럼, 우리 둘은
어려운 일이 있을 때도 그저 꿋꿋하게 헤쳐
나간다.

신혼 때 피망, 양상추, 양파, 오이, 토마토, 통조림 옥수수를 넣고 샐러드를 만들어 주었더니 경균 씨가 이렇게 말했다.

"사료 주나? 철 지난 건 짐승도 안 먹거든? 산에 사는 고라니나 노루나 토끼도 맛있는 걸 골라 먹고, 집에서 키우는 염소나 닭도 먹는 풀이 따로 있다고."

그 후 나는 제철 재료로 샐러드를 만들었다. 처음에는 재료도 낯설고 손질도 서툴렀지만 제철 풀과 해물 맛에 점차 익숙해졌고 그런 재료를 쓰는 것도 자연스러워졌다.

겉절이와 샐러드는 밭에서 나는 제철 풀이나 바다에서 나는 해초 등으로 만든다. 가을에 과일 날 때는 과일 샐러드를 먹고, 나머지 계절에는 풀을 겉절이하듯 살살 무쳐 입안 가득 풀의 향과 각기 다른 식감을 맛본다. 봄에는 주로 가죽 순, 머위 순, 아씨 정구지의 어린 순을 생으로 새콤달콤하게 무친다. 봄에 나는 여린 나물은 백 개가 나면 백 개를 다 먹어도 독이 없다는 말이 있다. 당귀나 방풍나물은 숨이 빨리 죽지 않아 어느 정도 두고 먹어도 좋고, 장아찌를 담가도 좋다. 여름엔 뭐니 뭐니 해도 쌈이다. 상추쌈으로 시작해 잎이 있는 모든 것은 쌈 채소가 된다.

경균 씨는 같은 음식을 두 번 안 먹는다. 아침에
만든 걸 저녁에 다시 먹지 않는다. 보통 밤 10시부터
새벽 2시까지 하루 평균 4시간을 자는데 새벽부터
작업을 하다 보니 하루가 길어 더 그런 습관이
들었나 보다. 그는 눈 뜨면 바로 "계화 씨!" 하고
나를 찾는다. 집을 비워도 습관적으로 "계화 씨!"
하고 나를 부른다.
경균 씨는 특별한 음식이 있으면 그걸 꼭 나에게
챙겨 준다. 문경 가마에 있을 때는 산을 헤매며
자연산 더덕을 캐어 내가 문경에 오기 하루 전날
손질해 양념을 해 놓고는, 숯불을 피워서 구워
주웠다. 그와 살면서 자연의 맛을 알게 되었다.

-아내 임계화

나는 같은 음식 계속 먹는 것을 질색하는데,
예외인 게 앞서 말한 냉면과 전갱이다. 전갱이가
나오면 아침엔 회, 점심엔 전, 저녁엔 구이로
먹는다. 전갱이는 고등어와 비슷하게 생겼는데,
몸통 3분의 1쯤에서 꽁지 쪽으로 황색 비늘이
한 줄로 나 있다. 우리나라 바다에서 4월부터
7월 사이에 알을 낳는다. 대부분의 생선은 산란
전에 맛이 좋은데, 전갱이는 산란이 끝나고
난 뒤부터가 제철이다. 빨리 상하는 생선이라
바다 가까운 동네에서 많이 먹고, 갯장어처럼
우리나라보다 일본에서 더 즐겨 먹는다. 살아
펄떡거리는 20cm 길이의 전갱이를 가시 발라
내고 회로 썰면 무른 살이 부드럽게 넘어간다.
포를 떠서 밀가루와 달걀옷 입혀 전을 부치면
또 살살 녹는다. 전갱이는 기름기가 많아
소금을 뿌려 구이로 먹어도 고소하다.
전갱이는 우리말이고, 일본 말 '아지'라고 흔히
부른다. 아지가 일본어로 '맛'이라는 뜻이니
맛은 따 놓은 당상이겠다. 갯장어를 일컫는
'하모'나 눈볼대(금태)를 뜻하는 '아카무쓰'처럼
일본과 바다를 공유하다 보니 일본어로 많이
부르는 생선 이름이 종종 있다.

이 전갱이를 경상도에서는 '매가리'라고 부르고,
완도에서는 '가라지'라고 부르고, 제주에서는
'각재기'라고 부른다. 제주에서는 각재깃국을
많이 먹는다. 경상도 어촌에서는 부화 후 1년이
안 된 전갱이를 식해와 젓갈로 담그기도 한다.
맑은탕을 끓이거나 어탕국수를 해 먹기도 하고,
어죽을 끓이기도 한다. 전갱이추어탕도 좋다.
아무렴 전갱이인데!

전갱이를 먹다 먹다 질리면 가오리를
찾는다. 여름엔 생선이 많지 않기에 여름에도
잡히는 가오리가 반갑다. 넓적하고 얇은
가오리를 꾸덕꾸덕하게 말려서 통째로
찐다. 찜기에 물을 자작하게 붓고,
고춧가루·된장·물엿·풋고추·홍고추를 넣어
만든 양념장을 끼얹어 쪄내면 식은 밥 한
그릇이 뚝딱 넘어간다. 쫄깃해서 씹는 재미도
있다. 가오리의 새끼 간자미는 무, 양파, 잔파,
배를 넣고 무쳐 먹는데, 이걸 할 때면 막걸리
한잔이 덩달아 생각난다. 시골 장터의 서민적인
맛이다.

우리 집과 인연이 닿은 사람들은 우리 음식을
특별하다고 한다. 하지만 내게는 그저 어릴
때부터 먹던 집밥일 뿐이다. 어릴 때부터 아침저녁
할 것 없이 매끼 생선 한 마리를 다 먹었다. 그게
당연한 건 줄 알고 자랐다. 우리 아이들도 밥
먹기 시작한 때부터 끼니마다 생선 한 마리씩
먹었다. 큰 생선 먹는 것도 아버지께 배웠다. 내가
제철에 즐겨 먹는 대구, 눈볼대, 갑오징어, 호래기
등도 아버지 식성을 그대로 물려받은 것이고
우리 아이들도 이 생선을 좋아한다.

아버지 때부터 나를 거쳐 아들까지, 3대를 이어
찾아가는 맛집도 있다. 그중에서도 부산 문현동
시장통 곱창 골목의 칠성식당은 아버지가
생각나면 꼭 들르는 곳이다. 아들 현민이, 현우와
함께 곱창을 먹으며 옛날 이야기를 하곤 한다.
아버지는 돈을 많이 벌면 한우 갈비를 사 주시고,
다완이 잘 안 나오면 칠성식당에서 곱창을 사
주셨다. 곱창도 차도 아버지께 배웠다.

아버지가 문경 산속 가마에 들어가 그릇을 굽는
동안은 거의 얼굴 보기가 힘들었다. 좋은 흙을
구하고 유약을 만들어 그릇을 빚는다는 점에서
나는 그릇을 굽는 일이 예전 방식과 다를 것도,
바뀔 것도 없다고 생각한다.

다만 전통을 알거나 배울 수 있는 기회가 점점
없어지는 게 참 안타깝다.

전통을 100으로 보면 지금은 90이 없어졌다.
기계가 대신해 주기 때문에 알지도 못하고
알 필요도 없어졌다. 하지만 나는 오늘도
스스로 따져 묻는다. '저 그릇의 근본은 어디서
왔는가?' 근본이 가득 차 있어야 자유로움이
생긴다. 내가 옛것을 제대로 알아야 이것을
연결하고 이어 갈 수 있다.

아버지가 가마에 그릇 구우러 가시면 어머니는
콩나물을 키워 시장에 들고 나와 파셨다.
어머니 혼자 아이 셋을 키우기 어려워 나는
외가에서 자라기도 했다. 외가는 삼천포
와룡산 밑에 있었다. 산과 바다와 강이 다
있는 마을이었다. 외갓집에는 큰 유자나무가
있었는데 노랗게 달린 유자가 참 예뻤던 기억이
난다. 당시만 해도 유자가 귀해서 겨울 잘
나라고 짚으로 나무를 꽁꽁 감싸 주곤 했다.
예부터 삼천포는 숭어와 전어로 유명했다.
나는 외갓집에서 숭어와 전어 맛을 알았다.
할머니가 발라서 숟가락에 얹어 주던 전어는 참
고소했다.

아버지에게 할아버지는 스승 이상의 큰 의미가
있는 존재였던 것 같다. 나 역시 아버지에게 그런
존재감을 느낀다. 아버지는 내게 태양 같다. 어디에
가도 느껴지는 그런 존재다. 피할 수도 없고,
피해지지도 않는다. 늦은 밤에 집으로 돌아오는
아버지의 발소리와 문 여닫는 소리만 들어도
아버지가 느껴진다.

아버지와 제일 많이 간 식당은 고흥 가마 앞에
있던 밥집이다. 두루치기, 조개된장국, 붕어찜을
먹었다. 아침은 종종 해 먹기도 한다. 6시 30분에
아침 일이 끝나면 나도 모르게 깜빡 졸고 다시 일을
시작하는데, 그 30분도 안 되는 쪽잠이 얼마나 단지
모른다 그러고 나서 목욕을 하고, 고흥읍에서 장을
본다. 낙지 1만 원어치와 조개 5천 원어치를 사고,
점심으로 먹을 김치찌개용 돼지고기 뒷다릿살도
산다. 일하실 때 아버지는 빨리 먹고 바로 또다시
작업을 하신다. 나도 그 흐름에 맞춰 일하려고
노력한다.

나는 그저 물 흐르듯이 도자기를 시작했다.
아버지도 어머니도 나에게 도자기를 강요하신 적은
없었다. 오히려 나는 다른 아이들보다 자유롭게
살았다. 도자기를 시작한 지 10년이 지났는데 이제야
도자기를 아주 조금 알 것 같다.

-큰아들 현민

아침으로 회도 즐겨 먹는다. 아침에 고기를
굽는 날도 있다. 손님 아침상에도 회나 고기를
올리는데, 사람들의 한결같은 반응은 "왜
이렇게 아침이 거하냐"라는 것이다. 2000년에
한국과 독일 공동 도자기 워크숍이 열려
독일 손님이 온 적이 있었다. 그들이 도착한
다음 날이 마침 내 생일이라 첫 아침 식사로
생일상을 내게 되었다. 때가 가을인지라
능이·송이·싸리 등 다양한 버섯을 올렸고,
방어회도 차려 냈다. 그날 아침상을 본
손님들이 어쩌나 놀라던지 내가 놀랄
지경이었다. 우리 식구 눈엔 생일상이라고 해서
크게 특별할 것도 없었는데 말이다.

아침이 거한 것은 작업 일정 때문이다. 나는
열다섯 살 때부터 아버지께 도자기 빚는 일을
배웠는데 그때부터 새벽 2시 30분이면 눈을 떠
일과를 시작했다. 아침 먹을 즈음이면 6시간
넘게 일한 뒤라 허기가 밀려온다. 잠깐 샤워를
하고 시장에 나가 그날 싱싱한 해산물을 골라
사 온다. 홍삼(붉은 해삼)이 보이면 그걸 사 와
데쳐 먹고, 20cm 정도 크기의 손바닥만 한
갑오징어를 보면 바로 들고 와 갑오징어는
삶고, 갑오징어 먹물에는 밥을 볶는다. 복을
사서 아침으로 복국을 끓이기도 한다. 채소는
우리 밭에서 난 것을 주로 먹기 때문에 밭에
없는 재료만 추가로 산다. 밭에서 손수 길러 갓
뽑은 채소는 그 맛과 신선도가 다르다.

새벽에 흙일을 많이 한 날은 고기를 챙겨
먹는다. 일을 많이 하지 않은 날은 그만큼 먹는
것도 적다. 그런데 밭에 쌈 채소가 많은 날이면
흙일을 덜해도 돼지고기를 산다. 시장에 갔다가
소가 괜찮은 날은 쇠간 옆에 붙어 있는 측간을
사다가 생으로 먹는다. 쇠간은 핏줄이 굵고
약간 질긴데 측간은 무척 부드럽다. 귀해서
단골에게만 주기 때문에 미리 부탁해 두었다가
나왔다고 하면 얼른 가지러 간다. 가마에 불을
땔 때면 쇠간을 찾아 먹는다. 1200도가 넘는
뜨거운 불을 계속 보면 눈이 상하게 마련이다.
언젠가 안과 검진을 받으러 갔을 때 의사가
"선생님 각막은 누가 날카로운 송곳으로 콕콕
찌른 것 같습니다"라고 했다. 그래서 눈에 좋은
걸 챙겨 먹는다. 가끔 상어 간을 얼음 물에 씻어
먹기도 한다. 상어 고기는 부드러워서 산적처럼
조리하면 어른, 아이 모두 별미로 즐긴다. 병어
부드러운 것과는 또 다른 맛이다.
나는 아침 시장의 생동감을 좋아한다. 근 30년
단골인 어부, 해녀와 이런저런 이야기를 나누는
일은 언제나 즐겁다. 그래서 외국에 가도
시장을 찾곤 한다.

시장을 오래 다니다 보면 어느 집 농사가 잘되었는지, 누가 가장 일찍 나왔는지, 누가 부지런한지, 누가 변함없이 믿을 만한 걸 계속 파는지가 파악된다. 물건을 한 번에 받아 와 파는 사람에게서 사지 않고, 직접 농사를 지어 수확하거나 잡아 와 파는 이들이 내 단골이다. 어떤 밭, 어떤 농부, 어떤 어부에게서 나오는 물건인지가 확실하고, 직접 눈으로 하나하나 확인해서 물건을 받아 오는 경우는 괜찮다. 예를 들어 상인이 물차를 가지고 선주에게 가서 직접 받아 오는 생선은 싱싱할 확률이 높다는 소리다.

맛있는 음식을 먹으려면 발품을 팔고, 부지런해야 한다. 그리고 믿어야 한다. 단골 상인들이 좋은 게 있다고 하면 두말없이 산다. 남창시장 할머니들은 좋은 송이버섯이 나오면 뒤에 숨겨 놓고 내가 올 때까지 기다린다. 가을에 버섯을 따면 어김없이 내 생각이 난다는 사람도 있다. 그런 단골 상인들은 "오늘은 신 선생님 드실 거 없습니다"라고 솔직하게 말해 주기도 한다. 모두가 꾸준히 사귄 오랜 인연이다.

칼은 자기 칼이 손에 익어야 한다. 도쿄에 갔을 때 두 아들에게 회칼을 사 주었다.

대성 아저씨가 물차에 12kg짜리 홍어를 싣고 왔다. 홍어도 크면 맛있다.

가
을

발밑에서 느티나무 잎이 서걱거리고

나뭇잎을 떨군 가지 위로 하늘이 열린다.

밭 가장자리에 심은 비자나무 아래를 돌며 비자 열매를 줍고,

감을 깎아 마당 한편에 매단다.

태양초 고추를 따서 말리고, 능이버섯을 다듬고 있으면

부엌에서 참깨 볶는 냄새와 장작 타는 냄새가 섞여 솔솔 풍긴다.

봄
날
의

올
챙
이
가

개
구
리

될

즈
음

모내기가 끝나 논에 물이 차면 개구리와
맹꽁이가 힘차게 울어대고, 논에는 새로
태어난 올챙이가 와글거린다. 이 올챙이가
개구리가 될 때쯤, 그러니까 양력으로 8월 23일
무렵이 더위가 가신다는 처서다. 처서를 두고
"땅에서는 귀뚜라미 등에 업혀 오고, 하늘에서는
뭉게구름 타고 온다"라는 말이 있다. "처서가
지나면 모기도 입이 비뚤어진다"더니 모기는
가고, 귀뚜라미가 등장한다. 선선한 가을이
시작되고, 첫서리가 내릴 때쯤 되어 일교차가
커지면서 이불자락을 끌어당기게 되니, 군불을
넣은 구들이 반갑다. 이맘때면 아기 새를 다
키우고 독립시켜 부모 새의 소리도 눈에 띄게
잦아든다. 처서는 사람으로 치면 아마 50대
정도 되지 않을까 싶다. 처서 무렵 날씨가 한
해 농사를 결정짓기도 한다. 선선한 바람과는
별개로 햇살이 여름처럼 따갑고 날씨는
쾌청해야 이롭다. 맑은 바람과 강한 햇살을
받아야만 벼 이삭이 실하게 여물며, 나락이 입을
벌려 꽃을 올리고 나불거리는데, 비가 내리면
나락에 빗물이 스미고 제대로 자라지 못해
썩는다.

그릇은 봄가을에 주로 굽는데 처서쯤이면
가을 작업이 한창일 때라 다른 생각을 할 틈이
없다. 추수 다 하고 들판이 텅텅 빌 즈음이면
산의 단풍도 끝자락에 이른다. 그리고 첫서리가
내리면 밭의 작물들이 서서히 말라 간다. 1년
중 가장 놀기 좋은 시절은 일하기도 가장 좋다.
기온이 상쾌하면 놀고 싶은 생각조차 들지
않을 만큼 작업에 집중한다. 봄은 점점이 오고,
가을은 문득 온다더니 고개 한 번 들어 보면
가을이다. 가을이네, 싶다가도 작업하다 먼 산
한번 바라보면 그새 가을이 지나간다. 내면의
세계에 몰입하다 보면 바깥을 볼 틈이 없다.
그래서 내게 가을은 더욱 문득 오고, 순식간에
사라진다.

가을에는 밤, 대추, 사과, 로메인, 치커리,
양상추, 케일, 무, 마 등 여름의 잎 풍년과는
또 다른 푸짐함이 있다. 홍시와 간장으로
샐러드 드레싱을 만들고, 여기에 호두 등
가을 견과류를 넣으면 잘 챙겨 먹은 것 같아
뿌듯하다. 감이 남으면 감식초를 만든다.
감식초는 음료로 먹어도 좋지만 양념, 특히
김장 김치 양념에 넣으면 좋다. 문경 가마 이후
가는 곳마다 호두나무를 심으니 호두가 늘
집에 있다. 언젠가 오래된 호두나무를 베어
재목으로 쓸까 하다가 미안한 마음이 들어
그만둔 적이 있다. 그동안 우리에게 준 호두가
얼마이고 쌓인 정은 또 얼마인가.
비가 내리면 장안요 마당의 나무와 나뭇잎이
선명해진다. 그러다 가을바람이 불면 낙엽이
쏟아지고 마당은 느티나무 누런 잎으로 가득
찬다. 걸음을 뗄 때마다 커다란 느티나무 잎이
발밑에서 서걱거린다.

늦여름에 거친 태풍이 지나간 해는 낙엽 색이 그다지 예쁘지 않다. 마당 가운데에 자리한 느티나무는 옆에 방해하는 것이 없어 세 갈래로 거침없이 가지를 뻗었다. 마당을 덮을 정도로 넓은 그늘을 만들다가 가을바람에 낙엽 비가 소나기처럼 내린다. 비로소 높고 푸른 가을 하늘이 드러난다. 아이들 어렸을 때 타고 오르며 매달리던 느티나무가 어느새 수령이 30년을 넘었다. 현민이가 한창 나무를 타고 놀 때 현우는 젖먹이였지 싶다.

아이들 어린 시절 사진도 몇 장 없다. 시골이라 애들 사진 한번 찍으려면 멀리 나가야 하는 데다, 젊은 시절부터 사진기를 다뤘으니 그냥 '내가 찍지' 하다가 결국 사진을 얼마 찍지 못했다. 현민이만 백일인지 돌인지 챙겨 찍었을 뿐 그 외에는 사진이 얼마 없다. 아내가 나중에 애들한테 한 소리 듣겠다 한다. 어쩌겠노. 그 녀석들이 장정이 되었다는 게 느티나무 30년 세월보다 더 믿기지 않는다.

낙엽 지는 소리를 한밤중에 들으면 참말로
가슴 한구석을 뚫는 것 같다. 이맘때 저녁이면
알고 지내는 스님들이 용건 없는 전화를 걸곤
한다. 그래서 봄에는 비구니가 환속을 하고
가을에는 비구가 환속을 한다는 말이 있는가
보다. 잎 떨어지는 소리에 괜한 외로움이 일고,
또 한 해가 가나 싶어 문득 서글퍼진다.
마당과 밭에는 은행나무, 단풍나무, 대추나무,
호두나무, 참가죽나무, 엄나무, 산수유,
느티나무, 비자나무, 생강나무, 동백나무,
매화나무 등 여러 나무가 있다. 나는 나무로
담을 이루는 울타리가 좋아 가마 주변에도
나무를 심곤 했다. 고흥과 내덕 작업장은
동백으로 담을 둘렀다. 그 동백도 한번 돌보러
가야 하는데 몇 년째 가질 못했다. 동백은
칡넝쿨 올라가면 나무가 잘 안 될 터인데,
어쩌나 싶다. 내가 심은 것이니 수시로 살펴야
내 마음도 편하다.
장안 집에 제일 먼저 심은 것은 맹종죽이다.
집은 본래 초가였다. 초가집에 대나무가 있으니
지저분해서 파내고 정돈해 왕죽과 맹종죽을
심었다. 봄을 알리는 생강나무와 산수유도
심고, 창에서 보이는 자리에 매화나무와
단풍나무를 두었다.

초봄에 생강나무 가지를 만지면 생강 향이
솔솔 난다. 우리 집은 콩나물국에도 생강을
넣어 끓여 먹으니 이 생강나무 향이 반갑다.
생강나무는 산수유처럼 노란 꽃이 핀다.
김유정의 소설 〈동백꽃〉에 나오는 산동백이
바로 생강나무다. 동쪽 창에는 붉은 것이 좋아
석류를, 남쪽 창에는 맹종죽을, 서쪽에는 그늘
많이 드리우는 느티나무를 심었다. 드러나고
뽐내는 것이 싫어 반듯하게 조경을 하기보다
집과 나무가 자연스레 어우러지기를 바랐다.
집이 서향으로 앉아 해가 오후 늦게까지
들어오니 아이들 키우기에는 좋았지만 여름에는
라면을 못 끓여 먹을 정도로 더웠다. 아내가
"애들 다 크고 나면 저 햇볕을 어쩌나" 하기에
걱정 말고 10년만 있으라고 했다. 그 사이
느티나무가 우거져 서향 집의 파라솔이 되었다.
나무란 그런 것이다.

툇마루 햇빛 한 조각도 행복하지

어느 날 범어사 인각 스님께서 "행복하나?"라고
물으셨다. 계화 씨가 잠시 있더니 봄가을에
햇빛 한 조각 받으며 둘이 앉아 나물 다듬고
있을 때 이게 행복이 아닌가 생각한 적이 있다고
말했다. 이 말을 들은 스님께서는 "그럼 됐네"
하셨다. 우리는 행랑채 툇마루에 앉아 버섯도
다듬고 나물도 다듬는다. 어머니가 가을걷이한
고추를 다듬던 자리도 그곳이다. 나는
작업하다가 잠깐 쉬려고 툇마루에 앉았다가
곧잘 잠이 들곤 한다. 아내는 나를 깨우지
못하고 두꺼운 이불을 끌어다 덮어 준다. 결혼
전에는 작업에 몰두하느라 술도 안 마시고,
잠자는 것도 사치라고 여겨 두툼한 옷을
껴입은 채로 툇마루에서 쪽잠을 자곤 했다.
그 시절에도 행랑채 툇마루에 앉아 낙엽 지는
걸 보고, 석양을 바라보았다. 아내 말을 듣고
보니 툇마루에 앉아 햇빛 받으며 한가로이 나물
다듬던 시간이 문득 행복하지 않았나 싶다.

2016년 1월 초 종로구 옥인동에 작은 집을 마련했다. 평생 마당 넓은 집에서 살아온 터라 창이 없고 좁은 마당으로 나오는 한지 문만 있는 전시실 겸 응접실이 참 답답했다. 식구들도 같은 마음이라 조악한 목단 그림이 화려하게 인쇄된 접이식 쟁반 상과 목욕탕 의자를 통인시장에서 식구 수대로 사다가 작은 마당에 놓고 '외식'을 했다. 상추와 양파 날 때 삼겹살도 구워 먹었다. 돌아보니 그런 게 행복이지 싶다. 내가 천국이라고 느끼면 천국이고, 악한 마음을 내 지옥처럼 살면 지옥이고.

가을날 앙상한 나뭇가지 사이로 하늘이
보이기 시작하면 가을일을 시작한다. 여름내
열기와 습기에 젖었다가 드디어 작업하기 좋은
계절이 온 것이다. 볕 좋고, 단풍 들고, 나뭇잎
서걱거리고, 선선한 바람 부는 날. 음악을 크게
틀어 놓고 술 한잔하며 가을을 만끽한다.
우리가 외로움을 느끼는 건 어쩌면 깊숙한 곳에
내재된 인간의 DNA일지도 모른다. 외로움은 내
안에 가두는 거지 해결되는 게 아니다.
싸리버섯이 나면 닭고기싸리볶음을 보양식으로
먹는다. 갯장어 대용이다. 싸리버섯은 독성이
있어 잘못 먹으면 설사를 한다. 소금물에 삶아
하루 이싱 물에 담가 독을 빼는데, 이때 담가
놓은 물을 몇 번 바꿔 줘야 한다. 뿌리가 굵은
참싸리버섯도 닭고기와 잘 어울린다. 특히 닭
가슴살과 식감이 잘 어울린다. 삶은 닭을 찢어
싸리버섯을 넣고 국간장에 조물락조물락 무쳐
두었다가 팬에 마늘 편과 잔파를 넣고 기름을
둘러 볶아 먹는다.

마당 있는 집에서 햇볕 받으며 나물 다듬고, 화로에 불 피워 고기 구워 먹으며 살았다.

솔잎 따다 가득 깔고 돼지 목살을 찐다

이 계절에 불을 피우면 불 쬐는 맛도 나고,
마당 가득 채웠던 나뭇잎 타는 냄새와 매캐한
향도 정답다. 본래 쓰던 무쇠솥이 마땅치 않아
언양시장에서 솥을 새로 장만했다. 무쇠솥을
사러 갔다가 상인의 추천으로 백동 솥을
샀다. 무쇠처럼 녹이 나지 않아 다루기 쉽고
오래 쓰면 그을려 저절로 무쇠 가마솥처럼
까매진단다. 화로에 두툼한 백동 가마솥을
얹고 불을 지핀다. 점심밥을 돼지술찜으로
정하면 오전에 솔잎을 따러 산에 다녀온다.
능이버섯 때가 맞으면 능이도 넣고 찐다. 솔잎
가져온 날은 불쏘시개로 마른 솔가지를 쓴다.

가마솥 안에 솔잎을 깔고 두툼하게 썬 돼지
목심을 얹은 다음 그 위에 다시 솔잎을 올리고
능이버섯을 얹어 쪄 낸다. 압력이 적당히 오르면
백동 가마솥 바깥으로 솔잎 수액이 흘러나오기
시작하고, 조금 더 있으면 능이버섯 향이
은은하게 퍼진다. 그러고 나서 20분쯤 지나면
돼지고기가 적당히 익는다. 솔잎찜은 이른 봄
소나무 새순이 올라올 때 특히 즐겨 먹지만 늘
푸른 소나무 덕에 사계절 내내 먹을 수 있다.
솔잎을 태우면 코는 물론, 마치 폐부 깊숙한
곳까지 솔잎 타는 냄새가 들어오는 것 같다.
마당에도 향이 가득 퍼진다. 솔잎 훈증으로
고기를 찌면 솔잎에서 나오는 진액이 고기에
배어 촉촉하면서도 은은한 술 향을 입게 된다.

예전에는 겨우내 장안요 뒷산의 솔갈비(솔가리)를
모아 유약을 만들기도 했다. 솔잎도 가을이
되면 잎이 누렇게 되어 떨어지는데 그걸
솔갈비라고 부른다. 일하러 오시는 할아버지
이야기로는 예전에 옹기를 구하려면 워낙
비싸니까 솔갈비를 주워서 태워 만든 재를
갖다주고 옹기를 받아 왔다고 한다. 그만큼
솔갈비의 값어치가 높았다는 얘기다. 솔갈비
태운 재를 물에 섞어 세심하게 거르고
가라앉히면 유약이 된다. 전통 유약은 재로
만들기 때문에 '잿물'이라 부른다. 솔갈비
유약은 수분이 따 빠진 잎처럼 밝은 갈색을
띤다. 요즘은 소나무를 태워 유약을 만든다.
나무 가마에는 5~6년 말린 소나무만 떼고
유약에는 다양한 나무를 쓴다. 나무마다 지니고
있는 물질이 달라 재 성분이 다르고, 그에 따라
그릇도 달라진다. 그래서 만들려는 그릇에 맞춰
재를 바꾼다. 참나무 재로 유약을 만들어 쓰면
약간 푸른색이 나고, 느릅나무 유약을 쓰면
아주 희고 안개가 낀 것처럼 되는데 이제는
구할 길이 없다.

내가 장안에 독립했을 때만 해도 산에 사는
사람들에게 부탁해 느릅나무 장작 재를
사서 쓰곤 했다. 이제는 그런 것을 구해 주는
사람이 없다. 산이 우거져 구할 방법도 없고,
느릅나무가 몸에 좋다고 소문이 나는 바람에
씨도 말랐다. 사람들은 몸에 좋다고 하면 동을
내는데, 좋은 약이 천지인데 나무까지 베어 가며
그리 해야 하나 싶다.

우리 집 다실은 황토 구들방인데 한여름만
빼고 1년 내내 아궁이에 불을 뗀다. 방을 덥히는
것은 덩달아 생기는 일이고 재를 얻기 위해서다.
우리가 재를 위해 아궁이 불 떼는 것을 알고
재를 모아다 주는 이웃들도 있다. 참 고맙다.
장작을 태우면 나무마다 특유의 향이 난다.
소나무는 솔 향이 나고, 사과나무는 푸른
불꽃이 올라오며 풋사과 비슷한 냄새가 난다.
경주 살 때는 방에 페치카만 있어서 사과나무를
태워 방을 데웠다. 과실수는 오래되면 열매가
시원치 않아 베어 버린다. 그런 나무를 가져다가
장작으로 쓴다. 참나무는 말로 표현할 수
없이 장작 타는 냄새가 좋다. 참나무는 아무리
바짝 마른 것도 불을 떼면 목초액이 나온다.
베이징 덕보다 맛있는 우리 집 '장안 덕'은 바로
참나무가 비결이다.

비
자
열
매

떨
어
지
기
를

기
다
려

줍
고
또
줍
고

가을이면 마당 한편에 갈무리 중인 잎사귀와
열매가 즐비하다. 아주까리는 웃자라기 전에
여린 잎을 따서 말린다. 보름나물을 준비하는
것이다. 비자나무 열매는 추석 전후로 눈에
띌 때마다 주워 모아 비자강정을 만든다.
익어야 떨어지므로 떨어진 것을 줍는 것이다.
비자는 줍다가 산모기에 물려 퉁퉁 붓기
일쑤라 줍는 게 제일 힘들고 그다음으로
고된 것이 속껍데기 까는 것이다. 주울 때마다
물에 담가 놓는데, 그러면 부드러운 외피가
실처럼 풀어진다. 장갑을 끼고 비벼서 외피를
말끔히 벗긴 후 딱딱한 속피가 드러난 야무진
알맹이를 가을볕에 바싹 널어 말려 자루에
담아 두고 김장 때까지 그대로 둔다. 김장을
치르고 한가로운 마음으로 조막만 한 차돌로
비자 열매를 톡톡 깨서 단단한 속껍데기를 깐
뒤 두꺼운 프라이팬에 기름 없이 볶는다. 볶은
것을 스테인리스 채반에 올려 비비면 까만
찌꺼기가 떨어진다. 찌꺼기는 거르고 올리브유
약간과 조청을 넣고 버무려 듬성듬성 쪼갠 후
뭉쳐서 굳히면 비자강정이 된다. 비자강정은 1년
내내 다과상에 낸다.

우리 집에는 비자나무가 60그루 있다.

비자나무는 고흥 가마에 있을 때 알았다.
2004년 어느 늦여름 고흥 금탑사에 갔더니 서림
스님이 스님들 먹는 거라며 비자를 주셨다. 그때
처음 비자를 보고 수소문해 비자나무 묘목을
구했다. 비자나무는 상록수라 사철 푸르기도
하거니와 열매 향이 참 좋다. 솔 향 비슷하다.
묘목을 심어 15년 정도 키우니 드디어 비자가
열렸다. 2010년에 비자나무 20주를 더 샀다.
이제는 1년이면 60그루에서 비자 열매가 한 말
정도 나온다.

우리 밭에는 비자나무 옆에 호두나무도 나란히
서 있다. 문경 가마에 어른 품으로 안았을 때
두 아름이 넘는 커다란 호두나무가 있었는데
청솔모가 와서 호두가 미처 떨어지기도 전에
여린 걸 다 따 먹었다. 호두를 사수하기 위해
호두나무 주위에 함석을 두른 후에야 겨우
내 몫의 호두를 맛볼 수 있었다. 호두 주워
먹는 데 재미를 붙여 장안 집에도 여러 그루를
심었는데, 태풍에 다 넘어가고 지금은 딱 두
그루 남았다. 우리 집 호두나무는 나무가 작아
호두가 문경 것보다는 못하지만 그래도 파는
것보다 훨씬 고소하고 텁텁함이 덜하다. 바로
따서 먹으니 신선한 것은 두말할 필요가 없다.

호두가 촉촉하다고 해야 할까? 말로는 표현이
모자라니 갓 딴 호두를 꼭 먹어 보길 바란다.
가을에 가장 큰일은 고추 말려서 갈무리하고
김장용 고춧가루를 빻는 일이다. 고추는
한꺼번에 따는 게 아니라 익는 대로 따서 말리며
모은다. 고추는 한 번 씻어 꼭지를 따서 하루나
이틀 정도 두었다가 시들시들해지면 채반에
담아 볕 좋은 옥상에 넌다. 그날 딴 고추는
그날 꼭지를 따서 널어야 하므로 아이들도
손을 보탠다. 예전에는 손 움직이면 좋다
하여 어머니가 도맡아 꼭지를 따고 우리가
거들었는데, 점점 아이들도 나도 주인처럼 함께
히게 되었다. 옥상에 넌어 놓은 고추는 투명한
빨간빛이 날 때까지 말린다. 그 고춧빛이 마치
루비 같다.

비자 열매는 생김새가 땅콩과 아몬드 사이쯤 된다.

가을에도 여전히 밭에서 나는 채소와 풀을 솎아
먹는다. 고수는 낙엽이 저도 변함없이 푸르다.
늘 푸른 고수를 비롯해서 시금치나 배추,
무는 솎아 내야 튼실하고 풍성해진다. 이렇게
솎아 낸 채소에 제피나 산초 등을 넣고 무쳐
먹는다. 어린 무 솎은 것은 샐러드로도 먹고
김치를 담그기도 한다. 가을은 콩도 풍성한
계절이다. 어느 해는 고라니가 콩잎, 고구마
순, 콩을 모조리 따 먹어 낭패를 보기도 했다.
고라니는 맛없는 것은 안 먹는다. 콩깍지가
막 달려 보들보들할 때 남김없이 야무지게
따 먹는다. 고추도 마찬가지다. 풋고추는
쳐다보지도 않다가 빨개지기 직전 검은빛이
도는 때가 있는데 그때 딱 따먹는다. 그 시기에
따서 맛을 보니 정말 단맛이 감돌았다. 가을에
심는 상추는 식감이 아삭하고 단맛도 난다.
꼬불꼬불한 월동 상추다. 줄기는 비어 있고,
크기가 길이 8~15cm로 작다. 같은 품종의
상추를 봄에 심으면 그 맛이 안 난다.

고라니는 상추도 배추도 엄지만 하게 올라와
고소할 때, 가장 맛있는 그때를 놓치지
않고 작살을 낸다. 귀신같이 알고 야무지게
따 먹는데, 기도 안 찬다. 군청에 단속을
부탁하기도 하고, 살핀다고 살펴도 방심한
틈에 먹어 치운다. 배추 농사를 망치면 김장을
못 하기에 작년 겨울에는 망을 치기도 했다.
다행히 고수는 안 먹어 고수만큼은 인간
차지다.

아내 말이 나도 고라니 못지않다고 한다.
이제는 많이 유해졌지만 결혼 초, 특히 유약
작업할 때는 무거운 음식을 아예 안 먹었다.
당시 아내는 가벼운 채식으로 장만한다고
부전시장에 가서 장을 봐서 기차 타고 택시
타고, 오지 가마까지 와서 샐러드를 만들어
줬다. 파프리카 양상추 샐러드였다. 흔히 먹는
샐러드를 보고 내가 한 말은 "사료 주나?
계절에 나는 걸 먹어야지"라는 것이었다. 아내는
그 말 한마디에 다시는 파프리카를 입에 대지
않았다. 하지만 그 사건을 계기로 샐러드 하면
양상추, 파프리카, 양배추만 떠올리던 생각을
바꿨다.

철마다 밭에 나는 모든 풀로 샐러드를
만들 수 있다. 시금치, 당귀, 오가피 등 솎아
낸 어린잎들은 모두 샐러드로 제격이다.
한겨울에는 바다의 제철 풀인 해초가 샐러드
재료가 된다.

채식을 하던 나는 아내를 만나고 다시 고기를
먹기 시작했다. 하루는 아내가 와인을 넣고
닭똥집을 볶아 주었다. 여기에 머스터드소스를
곁들여 맛있게 먹었다. 그랬더니 다음 날 또 해
주고, 그 다음 날도, 또 그 다음 날도 같은 것을
내놨다. 입맛 까다로운 내가 잘 먹으니까 이때다
싶었던 것 같다. 결국 나는 닭똥집에 질려 손도
대지 않기에 이르렀다. 벌써 30년 전 일이다.
그때 이후로 아내는 닭똥집 요리도 절대로
안 한다. '혼신의 힘'을 다해 모래주머니까지
직접 손질해 정성껏 요리한 것인데, 손도 대지
않았으니 그럴 만도 하다.

같은 음식 싫은 것은 비단 아내의 음식뿐만이
아니다. 2000년 10월 장안에서 한독(韓獨)
세라믹 워크숍을 했다. 그때 독일인 네 명이
우리 집에서 한 달간 머물렀고, 이후 그들이
독일에서 우리를 초청했다. 프랑크푸르트
공항에 내려 차로 브레멘까지 가다 보니 어느새
한밤이 되었다. 출출하던 차에 소시지와 와인을
내주기에 무척 맛있게 먹었다. 그런데 맛있게
먹는 것을 보고는 다음 날부터 줄곧 소시지를
내놨다. 내가 입맛 까다로운 것을 알아서인지
나름대로 대접한다고 베를린식, 함부르크식,
브레멘식 등 각 지방 소시지를 돌아가며 맛보여
주니 어쩔 수 없이 열흘을 연달아 먹었다.
지금도 소시지를 먹으라고 하면 자다가도
놀란다. 유일하게 며칠을 똑같이 연달아
먹어도 안 질리는 것이 있긴 하다. 송이버섯과
능이버섯이다.

여름 끝자락부터 산속에 송이버섯이 난다.
송이는 장안요 근처 대운산에서 자생하고,
경주에서 많이 나며 언양에 있는 가지산에서도
난다. 산지마다 향도 식감도 조금씩 다르다.
바닷가를 끼고 있는 높은 산에서 나는
송이는 식감이 아삭하고, 내륙의 산에서 나는
것은 그보다 무르다. 만졌을 때 단단하고
생으로 씹었을 때 마치 생밤을 씹는 것
같은 식감일수록 신선하고 좋은 상품이다.
물렁하거나 물컹하면 안 좋다. 송이는 나던
자리에서 계속 나기 때문에 산에 많이 다니는
사람들은 어김없이 그 자리를 아는데, 이런 곳을
'송이밭'이라고 부른다. 가을이 되고 때가 되면
버섯 따는 사람들에게서 연락이 온다. 그렇게
송이를 먹기 시작하며 가을을 향유한다.

나는 아홉 살 때부터 송이를 먹었다. 아버지가
송이를 부대 자루로 하나 가득 구해 오셨다.
그때부터 가을엔 당연히 송이를 먹는 줄
알고 살았다. 송이가 비싸다는 사실도
결혼을 하고 나서 아내가 버섯값을 치르는
걸 보고야 알았다. 가마가 문경에 있을 때는
인근 산에서 나는 걸 먹었고 최근에는 차로
40분 정도 걸리는 경주 남산에서 나는 송이를
구하기도 한다. 송이는 손이 많이 갈수록
향이 사라지기 때문에 송이밥이나 맑은송이탕
정도로 단순하게 요리해 향을 즐긴다. 자체의
기운이 워낙 세서 애호박, 호박잎을 함께 넣고
송이탕을 끓인다. 그러면 아이들도 먹을 수
있는 순한 음식이 된다. 송이 향을 그대로
느끼고 싶으면 조리하지 않고 생으로 쭉쭉 찢어
구운 소금을 찍어 먹기도 한다. 그러면 특유의
식감과 강렬한 향이 고스란히 전해진다. 나는
A급은 생으로 먹고, B급은 익혀서 먹는다. 물론
찌개를 끓여도 상품이 맛있다. 근본이 좋으면
뭘 해도 맛있다.

아이들은 송이라면을 제일 좋아한다. 예전에
아버지가 주신 말린 송이를 라면에 넣어 먹은
기억을 할아버지와의 추억으로 간직하고 있다.
돈이 궁할 때면 좀 싼 것이라도 구해 어떻게든
가을 송이를 맛보고 계절을 보낸다.

나는 몇 번 생각해도 서양의 송로버섯보다

우리 송이버섯이 나은 것 같다.

또 내 입에는 푸아그라보다 염소 간, 홍어 간, 아귀 간이 맛있다.

사는 곳이 다르니 입맛도 다를 것이다.

전라도 고흥에서 14년을 살며 보니

부산 사람이 좋아하는 생선과

고흥 사람이 좋아하는 생선이 달랐다.

그러니 뭐가 최고인지 따질 것 없고

제 입맛대로 맛있는 것을 찾아 먹으면 된다.

송이탕에 애호박을 넣고 끓이면 송이의 성질이 순해진다.

양
지
바
른
툇
마
루
에

앉
아

능
이
버
섯
을

다
듬
는
다

가을이면 마당 가득 능이버섯을 늘어놓고
손질한다. 송이버섯은 초등학교 때부터
먹었는데 그 시절에는 송이를 달걀 꾸러미처럼
짚으로 엮어서 팔기도 했다. 아내는 1987년
나와 함께 송광사에 갔을 때 절간에 늘어놓은
검은색 버섯, 능이를 처음 보았다고 한다.
문경 근처의 산이나 지리산 등에 찾아가 버섯
따는 심마니 할아버지, 할머니들에게서 능이를
구했는데, 이제는 양이 많이 적어졌다. 장안
주변에도 능이가 꽤 많이 나기에 요즘은 장안
근처 대운산을 비롯해 전국에서 능이를 구한다.
어쩌다 심마니를 만나면 채집한 양을 전부
사 버린다. 우리가 능이를 많이 먹기도 하지만
선물도 많이 한다. 나의 첫 전시회 때 고마운
분들에게 말린 능이를 선물한 적이 있다. 능이는
1kg을 말리면 고작 100g이 나온다. 이 계절에는
특별히 바다에서 나는 것이 없다 보니 버섯을 더
많이 먹는다.

우리 집에서 가을에 한 100kg쯤 먹지 싶다.
물론 우리 식구만 먹는 것은 아니고 친구와
지인들이 함께 먹는 양까지 포함해서 말이다.
진짜 맛을 아는 사람은 송이보다 능이를
더 쳐준다. 송이도 향이 좋지만 능이는 향이
송이보다 더 강렬하고 식감까지 좋다. 능이는
해발 600~700m 고지에서 뭉쳐 자라며
큰 것은 지름이 30cm가 넘는다. 커다랗게 펼친
갓 부분은 활짝 핀 꽃 같기도 하다. 만졌을
때 꼬들꼬들하고 색이 밝을수록 상품이다.
능이는 독이 있어 맨손으로 다듬으면 따갑다.
그리고 반드시 익혀 먹어야 한다. 옛날에는
능이가 큼지막한 소쿠리 하나에 몇만 원 정도
하는 싼 식자재였다. 송이와 달리 서민적인
버섯으로 알려져 다루는 것도 가벼이 했다.
그런데 요즈음은 가격이 엄청 올라 송이 가격의
70%까지 따라잡은 적도 있다.

능이는 칼로 밑동을 잘라 내고 먹기 좋게 쭉쭉 찢어 놓는다. 다듬다가 벌레가 있으면 툭툭 털어 낸다. 단, 이 작업은 능이를 사오자마자 바로 해야 한다. 조금만 습해지면 단백질을 먹고 크는 벌레가 버섯 안에서 기승을 부리기 때문이다. 손질이 끝난 능이는 한두 번 씻어서 물기를 빼고 냉동 보관하거나 바싹 말려 보관한다. 특히 좀 처진 것들은 말려서 죽을 끓여 먹거나 차로 끓여 먹는다.

밀양 표충사 한계암 스님들은 감기에 걸리면 능이죽을 끓여서 먹곤 했다. 특히 편도선이 부었을 때 먹으면 효험이 있다. 한계암 뒤에는 큰 은행나무가 있어 능이와 은행을 넣어 쌀죽을 끓이기도 한다. 스님께 배운 능이죽을 응용해 우리 식으로 끓인다. 우선 말린 능이를 물에 담가 불린다. 그리고 불린 쌀에 불린 능이 다진 것과 쇠고기 썬 것을 넣고 참기름을 둘러 볶다가 능이 우린 물을 넣어 끓인다. 국간장으로 간하고 갈무리해 둔 은행을 살짝 볶아 칼등으로 눌러 넣으면 보기에는 좀 깔끔하지 않더라도 맛은 좋다. 은행을 살짝 말려 볶으면 식감이 꼬들꼬들하니 먹기 좋다.

가마솥에 끓이는 능이백숙도 맛있다. 말린 능이
송송 썬 것에 닭을 넣고 끓인다. 불린 쌀을
함께 넣거나 남은 밥을 넣어도 좋다. 능이는
쇠고기와 함께 볶아도 맛있고, 이렇게 볶은
것을 밥에 비벼 먹어도 맛있다. 신선한 능이는
고기 굽듯이 숯불을 피워 석쇠에 구워 먹으면
그 맛이 고기 저리 가라다. 이렇게 구우면
능이버섯에서 물이 나와 약간 끈적거린다.
능이는 진짜 하루에 세 번 먹어도 질리지 않을
맛이다. 싸리버섯은 닭고기 맛, 표고버섯은
돼지고기 맛이 난다면, 능이버섯은 쇠고기 맛이
난다.

맨 밑에 돼지고기 깔고, 솔잎 올리고, 그 위에 능이버섯을 올려 찐다.

베이징에는 베이징 덕, 우리 집에는 참나무 장안 덕

언젠가 베이징에 갔을 때 베이징 덕으로 유명한
음식점 주방에 들어가 볼 기회가 있었다. 어떻게
굽나 보았더니 사과나무 자른 가지를 세로로
세워 놓고 불을 때고 있었는데, 그 나무에서
수액이 흘러나왔다. 겉은 바삭하고 속은
촉촉한 베이징 덕의 비결은 바로 수액이었다.
사과나무는 베이징 주변에서 흔히 볼 수 있는
나무인데, 열매가 잘 안 열리는 나이 들고
오래된 사과나무를 베어 오리고기를 굽는
땔감으로 사용한 것이다. 베이징 덕을 굽는
사과나무의 수액을 보고 생각해보니 장안
주변에도 수액이 많이 나오는 참나무가 있었다.
맞다. 와인도 참나무 일종인 오크 통에서
숙성시키지 않나. 그렇게 영감을 얻어 장안요의
시그너처 메뉴 '장안 덕'이 탄생했다.

장안 덕은 우리집 크리스마스 단골 메뉴이기도
하다. 참나무는 바로 베야 수액이 풍부하기
때문에 보통 장안 덕을 하는 날 아침에
참나무를 구해 온다. 서로 다른 길이로 잘라
여러 차례 실험해 보았는데 참나무 가지를
10cm 정도 길이로 잘라서 넣는 게 가장
맛있었다. 자른 참나무를 가마솥이 가득
차도록 세워 놓고 그 위에 오리를 통째로 올려
솥뚜껑을 덮고 찐다. 갓 잘라 온 참나무에서
목초액이 나와 오리에 스미면서 훈증이 되고,
오리 기름은 참나무 아래로 쫙 빠진다.
30분 정도 찌면 오리 표면이 지글거리면서
맛있게 구워지고 1시간 정도 찌면 오리 표면이
짙은 갈색으로 변하면서 껍질은 바삭하고
고기는 부들부들해진다. 장안 덕이 익는 동안
장작 타는 냄새가 그윽하게 가을 마당을
메운다.

낙엽 태우는 냄새, 솔가지 태우는 냄새……
불을 피워서 나는 구수한 냄새에 기분이 좋다.
인간이 불을 발견하고 보존하기 시작한 역사는
알다시피 아주아주 오래다. 불로 인해 인간은
화식을 하고 마침내 요리를 하게 되었다. 그러니
불을 피우고 훈증으로 음식을 만드는 건
인류의 아련한 추억이 담긴 행위 아니겠는가?
그래서 불을 피우면 마음도 푸근해지는
모양이다. 도자기를 만드는 데 없어서는 안
되는 불, 그 불을 다루다 보니 장안 덕 같은
요리도 만들게 되었다.
그런데 도자기 가마 불은 냄새가 나지 않는다.
아니, 냄새가 나면 안 된다. 연기까지 가마
안으로 모두 들어가서 연기는 굴뚝으로만
나와야 한다. 그래서 소나무를 때도 소나무
향이 나지 않는다. 훈제나 화로 장작과는 다른
절대 고온, 1300도 이상으로 타는 불은 무향
무취다. 고결하다.

도자기란 어차피 불에서 시작된 것인데
불이라는 게 가장 단순한 것 같지만 무척
어렵기도 하다. 똑같이 불을 때도 가마마다
나오는 그릇이 다르다. 아무리 같은 흙과
유약을 써도 모두 다르다. 가마가 들어앉은
곳의 자연이 그리하는 것이다. 내 그릇을
좋아하는 분 중에는 "경주에서 구운 거다",
"내덕에서 구운 거다" 하며 구분하는 분도
있을 정도다. 그러니 장작 가마에 불을 때서
도자기를 굽는다는 것은 내게 다른 것으로
대체할 수 없는 소중한 작업이다.
불을 보며 상념에 잠기는 사이 오리구이가 다
되었다. 장안 덕에도 베이징 덕처럼 대파의 흰
부분만을 채 쳐서 곁들인다. 대파 흰 부분은
느끼함을 잡고 알싸한 맛을 보탠다. 대파가
없으면 양파와 고수를 넣은 양념장을 만들기도
한다. 그리고 간장에 막걸리 식초를 넣은
초간장이나 산초 기름을 소스로 곁들인다.

장안 덕도 베이징 덕처럼 파채를 곁들인다.

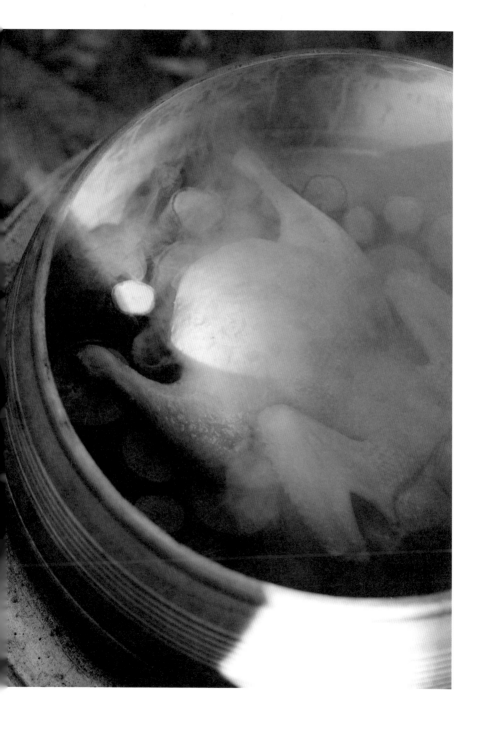

결혼하고 나서 맞은 첫 설에 아내와 함께
양산에 있는 부모님 댁에 갔을 때다. 양산에 간
김에 친구 아버지께 인사를 드리러 들렀는데
살짝 언 홍시를 내주셨다. 작은 바구니 한가득
담아낸 걸 아내가 앉은자리에서 거의 다
먹었던 것 같다. 계화 씨는 감을 참 좋아한다.
단감이든 홍시든 모두 좋아한다. 아삭아삭한
단감이나 촉촉하고 폭신한 홍시나 모두
매력적이란다. 무엇보다 감은 색이 정말 예쁜데,
특히 감이 빨개지면서 살이 오를 때 그 찰나가
참 예쁘다고 한다. 아내는 무궁화호 기차를
타고 부산으로 학교 다니던 시절, 청도를
지날 즈음이면 감나무에 홍시 몇 알이 달려
있고 연기가 흐르는 굴뚝이 어우러진 풍경을
보았다고 한다. 그것을 보면서 '저렇게 살고
싶다'고 생각했다는데, 그리 살고 있는 것 같아
참 다행이다.

아내는 감을 좋아해서 두 자가 넘는 항아리에
감을 가득 채워 홍시로 익혀 먹곤 한다. 눈뜨면
가장 먼저 항아리를 뒤져서 잘 익은 홍시를
골라 먹는다. 많이 먹을 때는 하루에 50개를
먹기도 한다. 그래도 다 못 먹고 남은 홍시는
후숙이 되어 저절로 초가 된다. 이렇게 먹다
남은 홍시로 탄생한 감식초가 바로 우리 집
신맛의 비밀이다.

감 하면 통도사 극락암의 김장 김치가
떠오른다. 배추 사이에 켜켜이 감을 넣는데,
배추김치가 익으면서 감이 아이스크림 녹듯
사르르 녹아 스미면서 신맛과 감칠맛을
더한다. 통도사 극락암에서 김장을 담글 때면
입맛 까다롭고 김치 잘 담근다고 소문난 비구
스님이 어김없이 나타나시곤 했다. 김장을 하기
위해 경내에 있는 그 많은 감나무에서 감을
따는 스님들의 모습이 아직도 눈에 선하다.

홍시와 함께 장안요의 가을 분위기를 내는
것이 바로 곶감이다. 그러고 보니 또 감이다.
가마 앞에 감을 주렁주렁 매달면 이제 가을
갈무리를 마치고 겨울 준비를 한다는 신호다.
아내와 첫 데이트를 지리산에서 했는데, 그때
우연히 곶감을 먹었다. 칠불사 밑에 있는
마을을 지나다가 어느 집 싸릿대에 곶감 10개가
꽂힌 게 있어서 한 대를 얻어 먹어 보았다. 겉은
시커먼데 아주 달고 맛이 깔끔했다. 바싹 마른
게 아니라 냉동 반건시처럼 약간 말랑말랑하고
시큼하면서 달달한 맛이 났다. 그때 먹은 곶감
맛이 자꾸 생각나서 직접 깎고 걸어 말리기
시작한 게 오늘날까지 이어졌다.

1991년 가을, 논문을 쓰려고 지금의 장안 집으로 들어왔다. 우물가(지금의 부엌 자리)와 가마 양옆에 족히 1백 년은 된 감나무가 세 그루 있었다. 큼직하고 맛있는 고종시가 열리는 감나무다. 이 고종시를 따서 곶감을 만들었다. 처음에는 소반 하나 가득 정도 말렸는데 감이 워낙 많이 열리다 보니 깎아서 싸리에 끼워 매달기 시작했다. 싸리 하나에 10개씩 끼워 1백 가지를 만들었다. 실과 바늘로 꿰어 보기도 했지만 결국엔 나무 잔가지를 꺾어서 감을 꿰고 'T'자 부분에 실을 꿰어 매다는 방법이 보기도 좋고 맛도 좋았다. 오며 가며 빼 먹고, 손님이 한 번 오면 50개가 눈 깜짝할 새 없어지다 보니 해마다 감꽂이 개수가 늘어난다. 장안요에 있는 감나무 세 그루에 달린 감을 모조리 곶감으로 만들었는데 부엌을 새로 지으면서 가마 굴뚝 옆에 있는 감나무 한 그루만 남게 되었다. 그래서 지금은 밀양에서 고종시를 구해 곶감을 만든다.

매달아 놓은 감은 12월 말까지 대략 45일 동안
말리는데, 바깥 날씨에 따라 얼었다 녹았다
하면서 알맞은 당도가 된다. 처음엔 40일 동안
말렸고, 조금씩 늘려서 50일까지도 말려봤지만
45일 정도가 골든 타임이라는 걸 알게 됐다.
겉은 꼬들꼬들하고 속은 약간 몰랑하고
색깔은 죽은 주홍색이 되었을 때다. 어쨌든
남쪽 지방 장안의 날씨를 기준으로 50일을
넘기지 않아야 한다. 잘 말린 곶감은 바로 냉동
보관해서 두고두고 디저트로 먹는다. 다실인
황토 구들방 다실에 15분 정도 꺼내 두면 딱
먹기 좋은 상태가 된다.
그런데 아랫방 처마에 감을 걸고 나면 왜
그렇게 비가 오는지 모르겠다. 희한하다. 그래서
가을은 갈무리한 재료들을 들였다 냈다 하며
비설거지하느라 분주하다. 우리 집 곶감은
아내의 유별난 감 사랑, 우수한 종자, 적절한
기온차, 바람과 햇살의 건조 그리고 정성이
더해져 만들어진다. 맛있는 감이 늘 옆에 있다.

가을 감을 따다

파란 하늘 붉은 꽃

붉은 꽃 하나하나 따다 보니

내 가슴에 숨어 있던 옛 기억을 되새기고

문득 빠알간 감이 다 떨어진 하늘에

파란 하늘만 가득

이제 가을이 아니라 겨울이래요.

- 2014년 11월 아침, 현우와 감을 따며

이런 상태에서 조금 더 말려 냉동실로 보낸다. 말린 지 대략 45일쯤 된다.

집 옆에 청둥오리와 거위가 사는 제법 큰
냇가가 있다. 1990년대 초까지만 해도 어둑어둑
해지면 해바라깃대에 불을 붙여 들고서 냇가로
가곤 했다. 참게를 잡으러 가는 것이다. 참게는
오징어처럼 밤이 되면 불빛을 보고 나온다.
이제는 태풍 등에 의해 유속도 변하고 강바닥도
달라져서 예전 같지 않지만 요즈음도 서너
마리쯤은 잡힌다. 예전에는 마을 사람들이
협심해서 참게를 같이 잡고, 어느 한 집에
모여 음식으로 만들어 먹는 문화가 있었다.
돌을 뒤집으면 어른 손바닥만 한 참게들이
화들짝 놀라며 급히 도망친다. 이 참게를 잡아
참게완자탕을 만든다. 참 손이 많이 가는
음식이다.

먼저 참게를 푹 찐 후 살만 발라낸다. 참게는 바닷게처럼 크지 않아 손으로 일일이 살을 발라내려면 공과 시간이 엄청 든다. 이렇게 발라낸 게살과 곱게 간 쇠고기, 곱게 간 마를 섞어서 완자를 빚는다. 밀가루 없이도 마의 끈적이는 성질로 재료가 뭉쳐진다. 살을 발라내고 남은 게 껍데기는 끓여서 육수를 낸다. 게 육수에 토란과 말린 고사리, 대파, 숙주, 호박, 완자를 넣어 끓이면 참게완자탕이 완성된다. 참게완자탕은 고단백일 뿐 아니라 식감이 부드러워 아이들이나 치아가 좋지 않은 어르신이 먹기 좋다. 하루는 평소 나의 그릇을 좋아하는 A기업 어르신이 입맛을 잃고 음식을 잘 못 드신다는 소식을 들었다. 뭘 좀 만들어 드리면 나아질까 생각하다가 이 참게완자탕이 떠올랐다. 참게를 우린 육수와 게살이 들어간 완자는 입맛을 돌게 한다. 다행히 회장님도 입맛을 되찾아 참게완자탕을 잘 드셨다. 세월이 지나 따님에게 아버지가 좋아하신 음식이라며 참게완자탕을 끓여 냈더니 그녀 역시 국물 한 방울을 남기지 않고 깨끗이 비웠다.

내가 가덕 대구나 송이를 보면 아버지가
생각나고, 호래기(반원니꼴뚜기)를 보면 어머니를
기억하며 맛있게 먹는 것처럼 그 역시 그런
마음이었을 것이다. 대구는 담백하고 심심한
무(無) 맛이 매력이다. 맛이 없는 것을 맛있어
하는 것이다.

입맛을 닮은 것일까? 어쩌면 맛 때문이
아닐지도 모른다. 음식은 함께 먹은 이들,
그날 그때의 분위기를 몸으로 기억하게
한다. 누구에게나 어느 음식을 먹으면 아련히
떠오르는 어느 장면이 있을 것이다. 그 음식을
좋아하는 건 그런 추억 때문일지도 모른다.

참 생선이 없네, 그래서 전어가 고마워

가을엔 참 생선이 없다. 가끔 연어가
올라오거나 전어가 전부다. 전어는 여름에서
가을로 들어서는 늦여름부터 나온다. 제법 큰
떡전어 말고 길이 15cm 정도 되는 보통 전어로
회를 뜨거나 회무침을 해서 비빔밥으로 먹는다.
우리는 전어 내장으로 담그는 밤젓을 좋아해서
시장에 갈 때마다 전어를 2~3kg씩 사 모아
놓은 덕에 매일 전어를 먹은 적도 있다. 그때 늘
전어회만 먹을 수 없어서 시작한 게 조림이다.
전어를 한 번 기름에 굽거나 지지면 살이
단단해진다. 구워서 한두 시간 식힌 후에 살이
꾸덕꾸덕해지면 간장·올리고당·물엿·청주와
식용유 조금, 그리고 다진 마늘과 생강 편,
고추냉이와 후춧가루 약간을 섞어 만든
양념장을 넣어 조린다. 다진 마늘 대신
통마늘을 써도 되며 고춧가루를 넣기도 한다.
꽈리고추도 있으면 넣는다.

가을에 쑤는 도토리묵은 보통 장을 만들어
그냥 찍어 먹거나 무침으로 먹지만 따끈하게
구워 내도 별미다. 마치 프랑스의 거위 간 요리,
푸아그라 같다. 여기에도 간장, 깨소금 넣고
살살 무친 고수를 올려 먹곤 한다.

늦여름부터 가을까지 전어가 난다.

도토리묵을 구우면 그 맛이 푸아그라 못지않다. 여기도 고수를 곁들인다.

겨
울

가을에 깎아 매단 감 틈틈이 빼먹고,

봄에 말려둔 나물 때때로 무쳐 먹으니 겨울이 든든하다.

홍어, 대방어, 참복, 밀복, 대구가 잡히는 계절.

젓국 내려 달이고, 고춧가루 빻고…… 김장 준비가 한창이다.

콩을 삶아 메주도 쑨다.

나는 장작을 패서 가마불 땔 준비를 하느라 한겨울에 땀을 뺀다.

그러다 보면 어느새 언 땅에서 겨울초가 돋고 봄동이 올라온다.

또 한 바퀴 돌았다.

대 그림자는 들어서도 먼지가 일지 않는다. 대 그림자는 사철 다 좋지만 낙엽 지고 나면 더 좋다.

윤형근 선생 그림. 단순해서 좋다.

군소는 삶은 것을 사 와 썰어서 산적도 하고, 무침도 하고, 그대로 초장을 찍어 먹기도 한다.

젓
국
달
이
고
김
장
하
고
메
주
띄
우
면
한
겨
울

겨울은 바쁘다. 감을 깎아 매달면 겨울이
시작되고 메주를 빚어 걸면 겨울이 깊어진다.
특히 12월은 젓국 내려 달이고, 고춧가루 빻고,
마늘 까고, 메주 쑤고, 김장하고, 비자강정
만들고, 곶감 정리하느라 금세 한 달, 그리고
한 해가 간다.

5월 초에 봄 멸치로 담근 멸치젓이 12월이면
폭 삭는다. 12월 중순이 되기 전에 널찍한
대바구니에 성근 베보를 깔고 멸치젓을 밭친다.
베보 위에 남은 것은 물을 넣고 끓여 다시 한번
내린다. 생젓국과 달인 젓국을 2:1 비율로 섞어
김장에 쓰고, 생젓국은 나물이나 해초 무칠 때
넣는다. 가을 멸치는 젓을 담그지 않고 염장해
두었다가 안초비처럼 꺼내 먹는다.

어머니는 겨울이면 갈치젓을 담갔다. 갈치는
손가락 서너 개를 붙인 너비의 큰 것을 골라
굵은소금에 절여 6개월 정도 냉장고에서
숙성한다. 소금을 그저 생선 덮일 정도로만
뿌리는 데다 냉장 숙성을 해서 시간이 오래
걸린다. 이 갈치젓은 이듬해 여름 입맛 없을 때
보물이다. 찬물에 밥 한 술 말아 뜨고 곰삭은
갈치젓을 쭉 찢어 올려 먹으면 그만이다.

갈치젓은 가을에 담그면 봄에, 봄에 담그면
가을에 꺼낸다. 6개월은 삭아야 뼈가 씹히지
않아 먹기 좋다. 지금도 그 맛이 혀끝에 맴돈다.
메가리(전갱이)젓, 자리(자리돔)젓도 담근다.
메가리는 가라지, 각재기, 전광어 등으로도
불리는데 감칠맛이 뛰어나고 생선 특유의
비릿한 냄새가 없어 초밥으로 많이 먹는다.
15cm 정도 크기의 메가리를 골라 소금을 붓고
삭힌다. 자리젓은 제주에서 많이 나는 자리로
만든 젓갈이다. 제주에서는 자리를 물회로도
먹는다.

가을볕에 말린 고추는 젓국을 내릴 때쯤
빻고, 마늘과 생강을 까며 본격적인 김장
준비를 한다. 예전에는 배추김치, 총각김치,
갓김치, 조기·갈치·자리·청어 등을 넣어
담그는 생선김치, 굴김치, 석박지, 동치미 등을
2백~3백 포기씩 했다. 다 합치면 1천 포기 정도
담갔는데 다른 먹을 게 많아서인지 잘 '팔리지'
않아 요즘은 배추김치, 청어김치, 백김치 합쳐
2백50포기 정도로 간소하게 한다. 밭에서
배추를 뽑아 다듬고 절이는 과정을 온 가족이
함께 한다. 쌀쌀한 날씨에 겨울나기 준비를
하며 이렇게 한 해를 마무리한다. 마치 다람쥐가
도토리를 모으듯이 말이다.

김장은 동지 전에 마친다. 장안의 배추와 무가
그때 최고로 맛있기 때문이다. 요즘은 날씨가
따뜻해 김치 항아리를 땅에 묻어도 소용이
없다. 그래서 25년 전 60cm 두께의 흙집을 지어
저장고로 썼다. 그런데 흙집도 기후변화로
제 기능을 하지 못해 결국 업소용 저온 창고를
지었다.

12월은 여러모로 바쁘다. 김장에 이어
메주 쑬 준비도 한다. 1년에 20kg 정도를
쑨다. 메주콩은 하룻저녁 물에 불려 색이
거뭇거뭇해지고 뭉그러지도록 푹 삶는다.
삶은 콩은 자루에 넣고 밟아 소나무 틀에 넣어
네모지게 만든다. 부서지지 않게 조심하며 하루
한 번 앞뒤로 뒤집어 가며 말린 후
어느 정도 굳으면 집 주변 논에서 얻어 온
짚으로 엮어 맨다. 콩의 일부는 청국장을
띄운다. 불린 콩을 가마솥에 넣고 눋지 않게
주걱으로 저어 가면서 폭 삶는다. 예전에는
가마솥에서 했는데, 요즘은 냉면기에 삶는다. 큰
대바구니에 짚을 깔고 삶은 콩을 잘 펴 담은 후
다시 짚을 덮는다. 그 위에 마른 광목을 한 번
더 덮어서 아랫목에 놓고 열기가 새 나가지 않게
이불로 꼼꼼하게 싼다. 4일쯤 지나면 쿰쿰한
냄새가 올라온다.

잘 띄워지는 중이니 궁금하다고 열어 보지 말고
3일 정도 따뜻한 아랫목에 그대로 두면 된다.
여기에 고춧가루와 굵은소금 넣고 절구에 대충
찧어 한 번 먹을 만큼씩 뭉쳐서 냉동해 둔다.
처마 밑에 메주를 달아 한 달쯤 두면 바싹
마르는데 이 마른 메주 사이에 짚을 켜켜이
쌓고 흰곰팡이가 필 때까지 보름 정도 띄운다.
흰곰팡이가 피면 털어 내고 정월에 메주를 씻어
하루 정도 말린 뒤 항아리에 넣고 소금물을
붓는다. 항아리에 참나무 숯과 말린 고추를
넣고 50일쯤 지나 메주를 건지면 간장이 된다.
건져 낸 메주를 치대면 된장이다. 우리 집
음식이 맛있는 것은 집에서 담근 간장 때문일
것이다. 장 담그려면 이 바쁜 세상에 손 없는
날도 챙겨야 하고 이래저래 수선스럽지만
막상 하고 나면 일도 아니다. 콩 삶아 메주
띄우고 간장 담그는 것은 나오는 간장에
비하면 노고도 아닌 것이다. 나물 무칠 때, 맑은
생선국을 끓일 때는 물론이고 샐러드, 조림에도
어김없이 간장이 들어가니 말이다.

꼬
들
꼬
들

말
랑
말
랑

4
5
일

곶
감

곶감은 비자강정과 함께 장안요의 시그너처
다과다. 가마 앞, 처마 밑에 주렁주렁 달아 둔
감은 겉은 꼬들꼬들하고 안은 말랑말랑할 때쯤
제일 맛있다. 곶감은 특히 외국인에게 디저트로
주면 반응이 재미있다. 쭈글쭈글한 모양과
칙칙한 색을 보고는 처음에는 '뭐지?' 하며
어리둥절해하다가 감(persimmon)이라고 하면
"이게 감이라고?" 하면서 못 믿겠다는 표정을
짓는다. 그리고 맛을 보면 단맛에 한 번
놀라고, 입안에서 스르르 녹아 사라져서 한 번
더 놀란다. 재독 화가 노은님 선생의 독일인
남편 게르하르트도 얼린 곶감을 보고 같은
반응이었다. 결국 다들 곶감 마니아가 된다.
가을에 주워 껍데기를 까서 말려 둔 비자는
김장 끝나고 한숨 돌리면 강정을 만들 차례가
온다. 비자강정을 따뜻한 날 만들면 눅눅하고
잘 뭉치지도 않으니 그 차례가 딱 맞다.

비자강정 만드는 법도 비자를 처음 알려 주신 고흥 금탑사 서림 스님께 배웠다. 비자는 차돌로 단단한 속껍데기를 깨서 손으로 벗기는데 은행 까는 것만큼 손이 많이 가고 고되다. 껍데기를 깐 알맹이는 두꺼운 팬에 살살 볶는다. 이렇게 한 번 볶아 만들면 강정이 딱딱해지지 않는다. 거뭇거뭇해진 것을 체에 올려 까만 찌꺼기를 거른 후 대강 부수어 다시 한번 체에 거른다. 툭툭 부숴야 강정을 만들 때 잘 엉겨 붙는다. 팬에 조청과 올리브유를 넣고 끓이다가 비자를 부어 버무린 뒤 따뜻할 때 오븐 팬이나 쟁반처럼 네모나고 납작한 그릇에 넣고 밀대로 힘주어 민다. 이때 비자 사이사이에 공간이 없어야 야무지게 붙는다. 알맹이가 잘 붙으면 칼로 썬다. 비자 열매로만 만들면 조금만 힘을 주어 잡아도 쉽게 부스러지기 때문에 참깨, 들깨, 흑임자, 호두, 호박씨, 해바라기씨 등을 함께 넣어 만들기도 한다. 비자는 특유의 향과 떫은 뒷맛이 있어 호불호가 갈리지만 세월이 갈수록 좋아하는 사람들이 많아지고 있다. 디저트로 한두 개 먹으면 입가심이 된다. 예나 지금이나 비자는 귀한 재료다.

3년 된 곶감, 분이 하얗게 올랐다.

비자강정과 도토리 가루에 찹쌀 넣고 찐 시루떡.

겨
울
에

나
무
를

해
야

벌
레

먹
지

않
는
다

김장을 거들고 나면 나무를 한다. 봄부터
가을까지는 나무에 물이 오르기 때문에 겨울에
벌목한다. 나무를 사더라도 한여름에 벤
나무는 안 산다. 땅이 얼면 흙일을 못하지만
언 나무는 오히려 도끼로 패기가 좋다. 그래서
땅이 어는 겨울에는 나무를 하고, 땅이 풀리는
봄에는 흙일을 한다. 나무와 흙과 잿물을
준비하고, 그릇을 빚고, 가마에 불 때는 도자기
작업에서 가장 기본이자 중요한 일은 아마도
나무 준비일 것이다. 도예에서 불은 처음이자
끝이다. 촛불을 가지고 요리를 할 수 없는 것과
같은 이치라고 설명하면 되려나. 그래서 열원인
장작이 중요하다. 가마에 불을 한 번 때려면
나무 20톤을 구한다. 바싹 마르면 12톤으로
준다. 나무는 베서 바로 장작으로 쓸 수 없다.
마르고 숙성될 시간이 필요하다. 좋은 나무를
골라 3~5년 바싹 말려야 한다.

재목은 한 자(지름 30cm 정도)가 안 되는 소나무가 좋다. 굵기는 있으되 옹이는 없어야 한다. 가마에 넣는 장작은 나무껍질이 붙어 있으면 안 된다. 껍질이 그릇에 튀어 티가 되기 때문이다. 그래서 일일이 껍질을 벗겨 불순물 없이 말끔하게 장만한다. 장작의 3분의 1은 가마를 예열할 때 쓰고, 좋은 것은 따로 구분해 재벌구이용 '영사'로 쓴다. 영사는 조선 백자를 굽는 소나무 장작을 부르는 말이다. 울퉁불퉁하고 송진이 많은 나무는 영사용으로 못 쓴다. 송진 덩어리와 옹이가 많아 나무가 거칠면 불 온도를 일정하게 유지할 수 없기 때문이다. 그릇 빚는 큰아들 현민이는 몇 년 전에 내가 마련해 둔 나무를 영사로 쓴다. 이번 겨울에 영사를 준비하는 것은 나를 위해서가 아니라 다음 사람, 다음 세대를 염두에 두는 마음이다.

도
끼
질
도

리
드
미
컬
하
게

음력 1월은 춥기도 하고 같이 나무 팰 일꾼을
구하기도 만만치 않다. 그래서 더욱 신경 써서
도끼 날을 간다. 나는 중학교 때 맞춘 도끼를
지금도 가지고 있다. 아버지한테서 독립할 때도
이 도끼부터 챙겼다. 도끼는 자신의 손아귀와
힘에 맞게 만들어서 써야 한다. 대장간에서 날을
벼르고 도끼 쓸 사람을 고려해 크기와 자루
길이 등을 세심하게 맞춰야 한다. 쇠가 야물어야
해서 담금질도 여러 번 한다. 그래서 예부터
도끼는 만들기 까다로운 연장으로 알려져
있고, 값도 비싸다. 곧게 자란 나무를 패려면
서양 도끼가 좋고, 비틀린 나무를 치려면 조선
도끼가 최고다. 서양 도끼는 나무를 가로로
패기 좋고, 조선 도끼는 묵직해서 나무를
세로로 쪼개기 좋다.

나무를 패려면 우선 나무를 노려 봐야 한다. 결을 잘 봐야 한다는 소리다. 10대 때부터 시작해 40년 동안 나무를 패다 보니 나무를 보면 길이 보인다. 급소를 한 방에 쳐야 한다. 때리겠다고 생각하는 자리를 보고 찍으면 실패하지 않는다. 잘 맞으면 나무 갈라지는 소리부터 다르다. 한아름 되는 두꺼운 장작은 도끼질 한 번으로 어림도 없다. 끝에서부터 정을 박고 찍은 뒤 도끼 날을 눕히거나 세워서 패야 한다. 아이들이 모두 제대를 하고 나서 삼부자가 모여 도끼질을 한 적이 있다. 보통 쓰는 나무는 지름이 15~20cm인데 그때는 지름이 40cm가 넘는 것도 있는 데다 옹이도 있었다. 도끼는 자칫하면 흉기가 될 수 있기 때문에 정신을 바싹 차려야 한다. 셋 사이에 팽팽한 긴장이 감돈다. 우선 나무 끝에 정을 박은 뒤 현민이가 정을 잡고 현우가 도끼로 친다. 현민이는 힘이 좋고 현우는 배우려는 욕심과 호기심이 가득하다. 나는 감독이다. 힘으로 도끼질을 하면 허리를 비롯해 온몸이 아프다. 도끼질도 리듬을 타야 한다. 모든 일에는 리듬이 있으니, 그것이 세상의 이치다. 리듬을 잘 타야 모든 일이 원만하게 흘러간다.

우리 집에는 나무가 많다. 은행나무,
단풍나무, 산수유, 오죽, 헛개나무…….
대문 옆에는 액운을 물리친다는 엄나무가
버티고 서 있고, 밭을 사고 난 뒤에는
호두·비자·후박·비파·파초나무도 심었다.
장안요 담장을 따라서는 커다란 느티나무가
자라고 있다. 이 나무는 나와 30년을 지냈다.
몇 년 전에 집을 새로 지을 계획을 세웠다가
마음을 접었다. 집을 다시 짓고 길을 내려면
느티나무를 베야 했다. 30년 지기 나무까지
베면서 집을 지어 뭐가 좋을까 싶었다. 전시장과
황토 구들방 다실 건물을 지을 때는 좋은
나무를 구하려고 10년의 세월을 들였다.
서울 옥인동에 마련한 작은 집에는 마을의
천년 된 괴목으로 식탁을 만들고, 송광사에서
구한 편백나무로 문틀을 달았다. 달항아리를
올려놓은 소나무 탁자는 옥인동 집을 공사하며
천장에서 나온 목재로 만들었다. 다이닝 룸에서
툇마루로 나가는 바깥쪽 문은 장안에서 쓰던
골동 나무문을 가져다 달았는데 사람 키보다
낮아 고개를 숙이고 드나들어야 한다. 행랑채
문은 고흥 가마 차실의 문을 떼어다 달았다.
조금 불편해도 사람과 오랜 세월 지내던 친구
같고 가족 같은 나무를 되살려 같이 가는 것이
좋다.

끝을 보고 때려라, 빨리 더 쳐라.

들면 안 돼.

잘 잡고 빼라.

허리 펴고 머리 들고 한 발 뒤로

리듬을 타고 하나씩 하다 보면

어느새 땀샘 폭발

중간을 때려라.

칼바람 부는 겨울밤에는 아무 소리도 없는 것 같다.

나무 사이로 지나가는 바람 소리

눈 쌓인 솔 가지 부러지는 소리

황토방에 장작 타는 소리

겨울밤 소리

산중(山中) 소리

단풍나무로 만든 떡판을 차탁으로 쓰고 있다. 오래된 떡판이라 결이 매끈할 정도로 곱다.

문경 가마는 조령산, 포암산, 월악산, 주흘산에
둘러싸여 있어 혹독하게 추웠다. 문경을
빼고 고흥, 장흥, 경주, 장안 등 다른 가마는
가까이에 바다가 있었다. 그래서 자연스레
바다에서 나는 것들을 먹으며 살았다. 날이
추워지면 밥상에 김이 올라온다. 살살 구운
날김 위에 밥을 올리고 깨소금, 참기름 뿌린
국간장에 찍어 먹으면 어릴 때 먹던 그 맛이다.
명란젓에 잔파나 산달래 송송 썰어 넣고,
마늘채 섞은 것도 우리 집 겨울 기본 반찬이다.
복어, 대방어, 홍어, 돌도다리(강도다리)······.
겨울에 나는 생선은 살이 단단하고 기름이
올라 맛있다. 가끔 참복 구경도 한다. 참복은
최소 1kg 이상 돼야 하고 크면 클수록 맛있다.
클수록 살도 단단하고, 끓였을 때 맑고
시원한 국물이 흠뻑 우러난다. 참복국을 끓일
때는 별 다른 걸 넣을 필요가 없다. 참복의
달짝지근함이 우러나면 그걸로 족하다.
참복은 최대한 얇게 포를 떠 회로 먹기도 하고,
어죽이나 튀김을 해 먹기도 한다. 참복 어죽은
1년에 한두 번 먹으니 애타게 기다려지는
음식이다.

장안에 오면서 참복을 종종 집에서 손질해 먹기 시작했다. 1990년 초 당시 참복을 집에서 요리한다는 건 상상할 수 없는 일이었다. 참복을 먹으려면 칼부터 갈아야 한다. 칼을 갈아 생선을 손질하고 포로 뜨는 데 2시간이 걸린다. 보통은 내 담당이다. 한번은 아내가 난생처음 참복을 손질한 적이 있다. 내가 별 생각 없이 복국을 끓여 먹자고 하니 복 손질이 어렵다는 생각을 못하고 손수 복 껍질을 벗기고 독을 없애려고 실핏줄을 일일이 제거하며 손질만 몇 시간을 했다. 별난 남편을 만나서 참복 손질도 할 줄 알게 된 계화 씨. 고생 끝에 참복국을 끓였는데 아무도 먼저 숟가락을 들지 않아 할 수 없이 아내가 기미 상궁까지 했다. 아무 일도 없었지만 생각해 보니 좀 비겁했다(웃음).

복어 독을 짧은 시간에 빼려면 눈, 지느러미, 아가미를 떼어 낸 뒤 얼음물에 담가 둔다. 보통 물을 갈아 가며 하루 정도 담가 두면 피가 거의 다 빠진다. 약간 싸한 맛이 날 때가 있는데 극소량의 독은 약이 되겠지 하면서 먹기도 한다.

몸이 안 좋은 어르신에게 참복을 푹 고아서
드린 적도 있다. 얼마 전 이어령 선생님을
찾아뵐 때는 능이죽에 신김치 썻은 것을
들고 갔는데 마침 입맛이 없던 차에 곡기가
넘어갔다고 하셨다. 음식 선물은 그분에게
필요한 것이 무엇일까 고민하며 마련한다.
참복이 없을 때는 밀복을 먹는다. 밀복은
머리와 곤이까지 넣어 탕으로 끓인다. 묵은지를
꺼내 무와 양념 털어 내 송송 썬 후 생강편을
넣어 푹 끓이고 나서 다시마와 무를 1:1로 넣고,
파뿌리 3~4개, 멸치 작은 것 3~4마리를 넣은
후 우린 물을 더한다. 이 조합은 된장찌개,
생선국 할 것 없이 두루 쓰는 우리 집 기본
맛국물 레시피다. 이 국물에 손질한 복,
콩나물을 넣고 거의 다 익을 때쯤 곤이와
대파를 넣으면 된다. 가시리(우뭇가사리) 등의
해초가 있으면 불을 끈 다음 넣는다. 더 칼칼한
맛을 원하면 청양고추를 넣으면 된다. 레시피가
정해져 있다기보다 자기 입맛에 맞게 하면 되는
거다. 밀복은 콩나물과 해초류를 넣고 아귀찜
하듯 요리해도 좋다.

가시리 넣고 끓인 밀복국.

돌
가
자
미
는

크
리
스
마
스

생
선

겨울 홍어는 원산지 인증 바코드가 있는 것을
사 먹는다. 흑산도에서 나는 것을 먹다가
2019년 겨울부터는 기장 앞바다에서 나는
걸 먹고 있다. 홍어는 최소 12kg 정도는 돼야
맛있는데 기후변화 때문에 바다가 바뀌었는지
이제 기장에서도 10kg 이상이 곧잘 잡힌다.
홍어는 회로도 먹고, 삭혀서도 먹고, 쪄 먹기도
한다. 홍어 간은 생으로 먹는다. 얼음물에
씻어 참기름과 소금을 살짝 쳐서 먹으면 참
고소하다. 간은 꼬리 부분과 함께 내장탕으로
끓이기도 하는데 암모니아 냄새가 나지 않아서
먹기 편하고 내장이 고소한 맛을 더한다.
홍어는 보통 다섯 번에 걸쳐 먹는다. 우선
싱싱할 때 생으로 먹고 그다음에는 껍질째
탕으로 먹고, 전을 부쳐 먹은 후 찜을 해
먹는다. 그다음에는 삭혀서 먹는다. 삭히는
기간에 따라 냄새가 달라서 단계별로 즐기는
재미가 있다. 푹 삭히면 입천장이 다 벗겨질
정도로 강렬한 맛이 난다. 홍어 한 마리로 오만
가지 맛을 보는 셈이다.

겨울에는 방어, 아귀, 돌가자미, 물메기(곰치),
석화 등 바다가 계속해서 맛있는 먹을거리를
내어 준다. 방어는 기생충이 있어서 여름엔
먹지 않는 겨울 생선이다. 10kg 이상 돼야 맛이
좋다. 아귀도 10kg는 돼야 맛있다. 돌가자미는
'이시가레이'라는 일본어로도 잘 알려져 있는데,
우리 집에서는 '크리스마스 생선'이라고
부른다. 크리스마스 즈음이 크기도 알맞고
맛도 좋아 크리스마스에 주로 먹기 때문이다.
몸이 납작하고 두 눈이 오른쪽에 몰려 있는
생선으로 기름지면서도 맛이 담백하고 고소하다.
보통 500g 이상, 제철에는 700g이면 족하다.
12월에는 수소문해서 1.5kg 정도의 큰 놈을
구한다. 크리스마스라고 애써 큰 걸 찾는
것이다. 돌가자미는 대구와 쌍벽을 이루는 겨울
생선이다. 회를 뜨고 남은 뼈와 살, 내장은 푹
고아 미역국을 끓인다. 2020년에는 시베리아의
이상 고온 덕에 초봄까지 돌가자미가 잡혀서
도다리쑥국 대신 돌가자미쑥국을 마음껏
먹었다. 도다리쑥국이든 돌가자미쑥국이든
생선만큼 쑥이 좋아야 한다. 냄비에 아무것도
넣지 않은 맹물을 끓이다가 된장 조금 풀고
토막 낸 생선을 넣는다. 국간장으로 간을 맞춘
후 쑥을 넉넉히 넣고 한소끔 끓인다. 마늘은
넣어도 되고 빼도 된다.

김
장
양
념
남
겨
두
었
다
가
해
물
김
치
버
무
리
고

바다 것이 많이 나니 김치도 해물김치다.
고흥 가마 시절부터 해물김치를 담그기
시작했다. 김치에 각종 해물을 넣어도 서로
맛이 어울리겠다 싶은 생각에 아내가 만들기
시작했다. 해물김치라는 이름도 아내가
붙였다. 고흥에서 많이 나는 낙지, 개불,
참소라, 키조개에 기장시장에서 공수한 전복,
통영 친구가 보내준 굴도 넣는다. 한마디로
그때 구할 수 있는 각종 해물을 양껏 듬뿍
넣는 것이다. 개불은 꼬들꼬들 달달하고,
낙지는 쫀득쫀득하며, 전복은 오돌오돌하다.
해물마다 맛도 식감도 달라서 해물김치 하나로
진수성찬이다. 해물김치의 양념은 김장할 내
따로 남겨 두던 것을 쓴다. 김장 버무리는
커다란 양푼에 양념과 각종 해물, 굵직하게
썬 무와 배추를 넣고 무쳐 동네 사람들과
잔치하듯 나눠 먹곤 한다. 이때 무는 이틀 정도
절여 물기를 빼야 김치를 버무렸을 때 물이
생기지 않는다.

배추도 살짝 절여 넣고, 무 대신 무말랭이를 넣기도 한다. 해물김치는 버무려서 바로 먹거나 길어도 일주일 내로 먹어야 맛있다.

시간이 더 흘러 해물이 삭으면 된장 풀어 찌개를 끓여도 좋다. 해물이 우러나 국물 맛이 깊다.

해물김치의 화룡정점은 사실 해물도, 김장 양념도 아닌 장안 무라 하겠다. 장안은 땅을 파면 전부 돌이라고 할 만큼 돌이 많은 동네다. 물이 쭉쭉 빠지는 토양이라 무가 유난히 맛있다. 특히 김장 무는 배를 대신할 만큼 달다. 그래서 툭툭 썰어서 애피타이저나 디저트로 먹기도 한다.

해물김치와 군소조림은 인기가 좋다. 오랜 인연의 정치계 인사가 우리 집 해물김치를 맛보고 나서 해물김치를 만들어 노무현 전 대통령에게 선물했다고 한다. 그런데 맛은 꽤 좋았지만 장안요 해물김치 맛은 안 났다고 한다. 아마 같은 재료라도 산지마다 맛이 달라 그랬을 것이다. 그것이 또 음식의 재미다.

해물김치에는 낙지, 관자, 전복, 개불, 참소라, 굴 등 해물 5~6가지에
살짝 절인 배추나 무 또는 무말랭이를 넣는다.

미나리는 넣어 보니 질겨져서 좋지 않았고 무말랭이를 넣으니 별미라서
요즘은 무말랭이를 해물김치의 필수 재료로 꼽는다.

여름을 위해 청어김치를 담근다

남쪽 지방에서는 김장 김치에 청어, 갈치, 참조기 등을 넣는다. 모두 12월 김장철 즈음 많이 잡히는 생선이다. 손질해 토막 낸 참조기에 소금을 뿌려 하룻밤 절인 후 물기를 빼 배추 사이사이에 넣는다. 6월 말이면 뼈가 섭히지 않을 만큼 잘 삭아서 부드러운 식감과 풍미를 선사한다. 11월 초부터 기장 앞바다에서 잡히는 손가락 두세 마디 정도 굵기의 은갈치도 김장 김치에 넣는다. 갈치는 멸치가 들어올 때 멸치를 잡아먹으려고 쫓아온다. 김치에는 바다에서 잡아 적당히 숙성시켜 파는 갈치를 사서 넣는다.

결혼 직후인 1993년 기장에서노 청어가 잡히기 시작하면서 마당에 숯불을 피워 청어를 구웠더니 아내가 맛있게 먹었다. 그 후에도 간혹 겨울 청어가 나오기에 김치에 청어를 넣기 시작했다. 2019년에는 청어를 사러 포항 죽도시장에 다녀오기도 했다. 포항은 겨울철 과메기로 유명한데, 이 과메기가 바로 청어나 꽁치를 짚에 매달아 일주일 정도 바닷바람에 말린 것이다.

원래는 청어를 내장까지 통째로 반쯤 말려
껍질을 벗겨 내고 초고추장에 찍어 먹는 것이
과메기인데 청어보다 값도 싸고 만들기 쉬운
꽁치가 청어를 대체하기 시작했다. 특히 꽁치
집산지인 구룡포항을 중심으로 내장을 제거한
꽁치 과메기가 대량생산되면서 이것이 포항
과메기의 표준이 됐다. 그러다 2019년에는
청어가 꽁치보다 많이 잡히면서 다시 청어
과메기가 대세가 되었다.

나는 포항 어촌계에 수시로 전화를 해 보며
청어를 사러 간다. 청어는 이름처럼 눈이 파란
놈이 싱싱한 것이다. 조금이라도 빨개진 티가
나면 바로 지나친다.

청어를 넣고 담근 김장 김치는 잘 익혀서 여름
장마 때쯤 꺼내 먹으면 맛있다. 성가실 정도로
가시가 많아 먹기 번거로운 생선이 청어인데,
그때쯤이면 뼈가 폭 삭아서 목에 걸리는 것 없이
청어 살 맛을 즐길 수 있다.

이 많은 멍게를 다 사서 모하노

기장시장에서 멍게를 담아 주며 아주머니가
한 걱정을 한다. 한 마리면 소주 네 병을 비울
수 있다고 할 만큼 멍게는 적은 양으로 즐길
수 있는 음식인데, 한꺼번에 많이 사니 의아한
모양이다. 우리는 멍게로 김치를 담근다.
어느 날 새로 생긴 일식집에 갔다가 멍게 요리를
먹었는데 맛이 영 신통치 않았다. 맛없는 멍게를
씹으면서 문득 염장을 해서 먹으면 어떨까 싶은
생각이 들었다. 그래서 멍게를 사다가 김치를
담가 보았다. 우선 멍게를 소금물에 담가
불순물을 뺀 후 맹물에 얼른 헹궈 채반에서
물기를 충분히 거둔다. 면포에 올려 김밥 말듯
물기를 제거해도 된다. 이 멍게를 소금물에서
꺼내 면포로 일일이 물기를 닦은 후 김치를
담근다. 처음에는 맑은 젓국, 마늘, 풋고추,
홍고추, 잔파(쪽파), 검은깨로 만든 김치 양념에
버무렸다. 어느 날은 염장을 조금 더 길게
하고 고춧가루와 젓국을 조금만 넣어 보았다.

이렇게 저렇게 멍게김치를 담가 보니 멍게에는 풋고추, 홍고추와 마늘만 들어가야 멍게 향이 산다는 것을 알았다. 멍게김치는 특유의 향과 쌉싸름한 맛이 있어 애피타이저로 먹으면 좋다. 하긴 멍게의 선명한 주황색은 보는 것만으로도 군침이 돈다. 이제 멍게김치는 기장시장에서도 팔 만큼 명물이 되었다.

겨울에서 이른 봄까지는 갯벌에서 나는 것이
제일 맛있을 때다. 자연산 톳, 파래, 매생이,
갯냉이, 까막바리, 명주도박(명주지누아리),
쥐꼬레이, 쫄쫄이 미역, 파래, 김 등 해초가
즐비하다. 자연산 톳은 양식 톳과 달리 길이가
짤막하다. 갯냉이는 봄이 오기 보름 전후로
육지에서 냉이가 날 때 갯벌에서 난다고 해서
붙은 이름이다. 까막바리는 바위에 붙어 살아
해녀들이 채집하는데, 보통 통밀가루에 굴려
쪄서 먹는다. 명주도박은 벌떡개비라고도
부르는데 역시 바위에 붙어 산다. 쥐꼬레이는
'쥐꼬리'의 경상도 사투리로, 정말 쥐꼬리처럼
생겼다. 돗은 수로 두부무침을 해 먹고, 나머지
해초는 쌈으로 먹거나 통밀가루를 묻혀 쪄
먹는다.

명주도박은 발이 부드러울 때는 날것으로 먹고,
조금 도톰해지면 끓는 물에 살짝 데쳐서 밥 한
술 얹고 간장과 참기름을 섞은 양념장을 올려
쌈으로 먹으면 묘하게 맛이 깊다. 명주도박
쌈은 고향이 달라도 남녀 구분 없이 좋아한다.
갯냉이, 톳, 파래, 매생이, 까막바리, 명주도박
등은 젓국, 마늘, 파를 넣고 조물조물 무치거나
통밀가루를 묻혀 찐 후 초간장에 찍어 먹기도
한다. 특히 웃자라서 억세진 해초도 그렇게
먹으면 어떤 것이든 맛있게 먹을 수 있다.
해초는 따로 고르는 요령이 있다기보다
시장에서 해녀 아주머니를 찾아가 사면
성공한다.
겨울이 혹독해도 우리는 봄이 오는 것이 아쉽다.
수온이 올라가면 해초가 녹아 버리기 때문이다.
그러다 여름이 오면 우리 집 식구들은 "먹을 게
없다"라는 말을 달고 산다.

자연산 톳은 통통하다. 실처럼 올라오다가 살이 오르면 이렇게 굵어진다.

쥐꼬레이. 이름을 곱씹으며 먹으면 좀 부담스럽다.

톳젓갈무침. 해초는 생젓국에 버무리면 모두 맛있다.

명주도박은 끓는 물에 살짝 넣었다 빼서 쌈으로 먹으면 너나없이 좋아한다.
간장과 참기름 1:1로 만든 양념장과 먹으면 제일 맛있다.

쫀득 쫀득 군 소 한 접 시

군소. 바닷가에서 나고 자라지 않은 사람에게는
이름조차 생소하다. 군소가 표준어지만
경상도에서는 '군수'라고들 한다. 껍데기가
없는 민달팽이와 유사하게 생겼다고 해서
'바다의 달팽이'라고도 부른다. 바닷물이 빠지면
갯벌이나 바위에 남아 있어 해녀들이 잡아 온다.
시장에서 해녀 아주머니를 찾아가면 군소를
만날 수 있다. 빨간 대야에 까맣고 기괴하게
생긴 군소가 담겨 있는데, 절대 그냥 지나칠 수
없는 모습이다. 몸통의 길이가 약 20cm 정도로
크다. 군소는 신선한 상태로 보관하기가 어렵기
때문에 보통 삶아서 냉동 유통한다. 먹을 때도
날것으로 먹지 않고 숙회, 무침, 조림 등으로
익혀서 요리한다. 설, 추석 등 명절 상에 올리는
경상도 지방 차례 음식이기도 하다.

우리 집에서는 잡자마자 삶아서 냉동한 걸
사다가 명절에 찾아오는 손님들의 주안상에
내기도 한다. 커다란 군소를 삶으면 크기가
10분의 1로 줄어 버려 참말 허무하다.
군소숙회는 식감이 쫀득쫀득 맛있어 소라,
전복 등과 함께 술안주로 최고다. 군소조림은
물에 간장, 청주, 올리고당, 물엿, 후추를 넣고
생강편과 마늘을 넉넉히 넣어 졸이다가 군소를
넣고 조려 얇게 슬라이스해 먹는다. 나는 어릴
때부터 군소를 즐겨 먹었다. 군소는 참 오묘한
맛이다. 기관장을 지낸 어떤 분은 어릴 때 즐겨
먹던 음식이라며 우리 집에서 군소를 맛있게
먹고 가더니 신문에 '군소 한 접시'라는 글을
기고하기도 했다.
"눈이 번쩍 뜨이며 한 점을 젓가락으로 집어
입에 넣어 씹는 순간, 조금 과장하자면 온몸에
전율이 느껴졌다. 혓바닥만이 아닌 온몸의
신경이 곤두서며, 어린 시절에 대한 향수, 고인이
된 어머니에 대한 그리움, 친척들끼리 제사상에
올린 음식을 나눠 먹던 정겨움 같은 감정들이
한꺼번에 밀려오는 게 아닌가. 그것은 한순간에
수십 년 세월의 간극을 뛰어넘는 충격이었다.
누가 무엇으로 이런 감동을 줄 수 있을까."

기장시장에 있는 단골집 청해수산에서 5kg짜리
돌돔이 잡혔다고 연락이 오면 현민이가 돌돔을
실으러 간다. 물차를 모는 대성 아저씨는
10kg짜리 갯장어를 싣고 '이걸 어디로 가지고
갈까' 고민하다가 우리 집으로 향한다.
청해수산도, 대성 아저씨도 큰 물고기를
환영할 곳은 인근에 장안요밖에 없다는 걸
알고 있다. 기장읍 길천 방파제에서 만난 대성
아저씨는 지난 17년 동안 장안요에 생선과
각종 수산물을 물차로 가져다주었다. 앞마당에
물차가 들어오면 차에 올라 물차 안에 있는
생선을 눈으로 확인하고 고른다. 장안요에서는
물고기를 사람에게 맞추는 게 아니라 사람이
물고기에게 맞춘다. 물고기가 먼저 오고 그다음
이걸 누구와 나눠 먹을지 생각한다. 그 누구란
바로 먹을 복이 있는 사람이다.

한번은 어느 언론사의 대표 내외가 장안요에 들렀다. 마침 대성 아저씨 물차에서 1m 크기의 농어를 받아 둔 터였다. 차 한잔하려고 들른 분에게 마침 좋은 생선이 있으니 회도 한 점 하고 가시라고 했다. 그리고 저녁 8시까지 산삼주를 곁들여 농어회를 기분 좋게 먹고 마시며 시간을 보냈다. 그날 저녁 그에게서 전화가 왔다. 다음 날 아침에 뭐하느냐고 묻기에 늘 그렇듯 시장에 간다고 했더니 아내와 같이 가겠다고 했다. 마침 그날 기장시장에는 손바닥만 한 크기의 튼실한 메가리 생물이 나왔다. 서른 마리를 사서 아이스박스에 넣고, 그중 몇 마리는 바로 회를 떠 기장시장 한복판에서 막걸리 한잔을 곁들었다.

손님과 함께 있는 것을 본 주변의 막걸리 친구들이 자연산 전복 세 마리를 얹어 주었다. 깍둑썰기로 큼지막하게 썬 전복이 낯설어 보였는지 처음엔 망설이던 내외가 먹어 보더니 아주 맛있다고 했다. 그날 예정에 없는 술병을 여러 병 비웠다. 산지의 맛이란 이런 것이다.

"신 선생님이 못 구하는 걸 내가 어떻게 구해요?" 일식당 주인들이 농담처럼 말하곤 한다. 장안요에는 좋은 생선을 구분하는 중량의 기준이 있다. 참돔 3kg, 돌돔 3kg, 일본 근해까지 나가 잡은 참복 3.5kg, 방어 10kg, 갯장어 11kg, 다금바리 11kg, 광어 3~4kg. 이 정도 돼야 생선이 맛있다. 광어, 줄가자미, 돌돔 등은 살이 단단한 제철 생선이다. 눈볼대(금태)나 학리 곰장어는 특유의 부드러운 식감이 일품이다. 줄가자미는 거미불가사리를 잡아먹고 살며 양식이 불가능해서 특히 귀한 생선이다. 보통 800g~1.2kg 정도가 먹기에 적당하다.

대성 아저씨는 내가 횟집이나 일식당
주방장보다 생선을 더 잘 다룬다고 말한다.
10kg짜리 갯장어가 왔을 때 스무 명이 뱃살만
회로 먹고도 남아 나머지는 푹 고아서 주변
사람들과 나누어 먹었다. 생선이 하도 커서 냉면
삶는 면수 솥에 넣고 고았는데, 이 솥 안에도
겨우 돌려서 넣었다. 맛있는 것일수록 혼자
먹으면 재미가 없다. 서로 시간을 맞춰 음식을
나눈다. 전화를 걸어 "오늘 시간 어때요?"라고
묻는 건 그날 좋은 생선이 들어왔다는 뜻이다.

흙
사
러
가
서

생
선
사
오
다

우리 가족이 30년째 살고 있는 장안은 기장 앞바다에서 나는 최고의 해산물 덕택에 식탁이 늘 풍요롭다. 널리 알려진 기장 다시마와 미역, 멸치 외에도 해녀가 채집하는 다양한 해초와 은갈치가 풍성하고, 한겨울부터 이른 봄까지 학리 곰장어도 유명하다.

제철 생선을 먹는다는 것은 바다의 수온이나 기상에 따라 변수가 많아 마음대로 되지 않을 때가 많다. 제철에 구할 수 있는 자연산을 먹으려면 때로 불편을 감수해야 한다. 가축이 왜 생겼겠는가. 사냥이 힘드니까, 집에서 짐승을 키워 먹자는 생각에서 시작된 것이다. 내가 생신 도사가 된 건 아마도 시리적 요인이 컸을 것이다.

어릴 때 삼천포에 있는 외가에서 자랐다. 삼천포는 전어가 많이 잡히는 곳이다. 전어를 잘게 썰어서 초장에 찍어 먹던 생각이 난다. 중학교 2학년 때 부산에서 미술 학원을 다녔는데, 근처 민락동에 가면 어부 아저씨들이 잡아 오는 생선을 구경할 수 있었다.

아저씨들은 무엇이 제철 생선인지, 어떻게
먹어야 하는지를 가르쳐 주었다. 오직 생선에
대한 호기심으로 자전거를 타고 7년 동안
민락동을 다녔다. 고등학교 시절 한번은 산청에
흙을 사러 갔다가 흙은 사지 않고 쏘가리를 사
가지고 집에 간 적도 있다. 어머니는 "흙 사러
가서 생선을 사오냐", "진주 최 부잣집이 3대가
고등어 껍질에 쌈을 싸 먹고 망했다더라"라며
나무라셨다. 아버지는 "그놈 큰놈 되겠다"
하시며 좋아하셨다고 훗날 전해 들었다.
생선에 대한 집요함은 그릇을 만들 때도
이어졌다. 지금도 물레를 한 번 차면 하루에
그릇 700개를 만들 때가 있다.
우리 집 고양이 노아도 생선을 좋아한다. 특히
흰 살 생선의 뱃살을 좋아한다. 뱃살을 남겨
조금 주면 맛있게 씹어 먹고 다른 걸 주면
"냐옹"하고 고개를 돌린다. 서당개 3년 수준을
훨씬 넘어서서 그런 모양이다.

보름달이 밝으면 물고기가 안 잡힌다

생선 풍년인 겨울에도 음력 보름 전후로는
생선이 잘 안 잡힌다. 이 시기를 '월명기'라고
한다. 특히 정월 대보름 전후로 2주 동안
달빛이 밝아지면 고등어, 갈치 등이 바닷물 속
깊은 곳으로 들어가서 물고기가 잘 안 잡히기
때문에 일부 어선들은 출어를 포기하기도
한다. 이때 풍어제나 남해 별신제를 지낸다고
기장에서도 주야로 별신제를 지낸다. 무당이
굿을 하면 사람들이 머리에 돈을 꽂아 준다.
여름도 아닌데 장안요에 '먹을 게 없는' 시기가
찾아오면 비교적 쉽게 구할 수 있는 장어를
굽거나, 가오리찜을 하거나, 돼지고기를 삶는다.
남창 5일장에서 소와 돼지를 잡는 날이 있다.

직접 고른 소 한 마리와 돼지 일곱 마리쯤을
잡아 오는 이가 있는데, 그에게서 돼지고기를
사 먹는다. 마당에 숯불을 피워 생선을 굽곤
하는데, 그럴 때면 꼭 솔잎을 깐다. 생솔잎의
수분과 생선의 물기로만 맛있게 익는다.
돼지고기도 솔잎을 깔고 찌면 잡내가 없고
촉촉하다. 스님들이 솔잎을 꿀에 재어 놓고
한 달쯤 발효해 여름 음료로 마시는 걸
보고 나도 여기저기 솔잎을 응용해 보았다.
하지만 요즈음은 주변에 있는 산이 개발되고
소나무에도 약을 쳐서 마땅한 솔잎 구하기가
쉽지 않다.

어머니는 콩나물을 직접 키워서 시장에 내다
파시거나 철에 맞는 건어물과 젓갈을 머리에
이고 돌아다니시면서 파셨다. 당시 아버지의
다완이 한국에는 아직 알려지지 않았고
일본에서 주로 사 갔는데 그 수요가 많지
않다 보니 어머니가 번 돈으로 생활해야 했던
적이 많다. 손에는 젓갈 통을 들고 머리에는
건어물을 이고 등에는 아이를 업은 채 버스를
타고 산천, 북창, 진해, 마산 등을 다니셨다.
생활 전선에 있던 어머니는 3년상 치르는 남의
집 빈소에서 나를 낳았다고 한다. 그 집안을
평생 은인으로 생각하고 그 뒤로 오랫동안
1년에 한두 번은 꼭 인사를 가셨다.

어머니는 원래 육류를 잘 안 드시는데, 어쩐
일인지 호래기(반원니꼴뚜기)는 맛있게 드셨다.
배고플 때 호래기 생물을 김장 김치로 돌돌
말아 싸서 먹으며 맛있다 하셨고, 끓는 물에
데친 호래기를 등뼈 빼내고 잔파 송송 썰어
넣은 초장에 찍어 먹는 것도 즐기셨다. 식성도
유전이 되는지 나도 호래기를 좋아한다.
기장시장에 모처럼 어머니가 좋아하는 호래기가
나오면 두 번 생각 안 하고 산다. 호래기는
시장에서 단골에게만 주려고 숨겨 놓고 판다는
말이 있을 정도로 인기 있는 겨울 해산물이다.
꼴뚜깃과에 속하는 작은 오징어인 호래기는
10cm 미만이 가장 맛있다. 호래기를 데쳐
접시에 가지런히 올리면 그 모습이 깜찍하고도
재밌다. 우주인이나 미확인 생물체 같다고나
할까.

어머니는 젓갈도 좋아하셨다. 1위는 삼천포
밤젓, 2위는 소래포구나 광산에서 나는
조개젓이다. 밤젓은 전어 내장으로 담근 젓갈로,
어릴 때 살던 삼천포 전어가 맛있기로 유명했다.
그래서인지 어머니뿐 아니라 아버지와 나,
이제는 아내까지 모두 밤젓을 좋아한다. 아내는
큰아이를 가졌을 때 어버이날 어머니가 내주신
삭힌 홍어와 문어 먹물 젓갈, 어머니가 가마솥에
밥하면서 쌀뜨물에 된장 풀어 솥뚜껑에 끓여
주시던 된장찌개를 종종 떠올린다. 함께 밥을
먹으며 쌓인 정과 추억이다.

40년 지기 임기룡 박사와 어머니, 아내, 둘째 현우와 다실에서.

동
치
미

익
었
는
데

국
수

말
아

드
실
랍
니
까
?

장안 가마 시절 어느 겨울밤이었다. 그때는
사람도 잘 안 만나고 그릇만 만들 때라 밤에도
일을 했다. 1995년 식당 주방에서 일한 적이
있는 성수라는 문하생이 있었는데, 한밤에
동치미국수를 만들어 먹자고 했다.
'내 국수 좋아하는 걸 어찌 알고⋯⋯.'
경주 소면을 한소끔 끓여 찬물에 헹구고, 땅에
묻어 둔 항아리에서 동치미 국물 떠내어 소면에
부은 후 동치미 무를 얇게 채 썰어 올렸다.
경주에 전통 방식으로 소면을 만들어 일본으로
수출하는 공장이 있었다. 이 소면을 몇 년
숙성시켜서 먹으면 색이 약간 누렇게 되면서
부드럽게 넘어간다.

살얼음이 동동 뜬 동치미 국물에 경주 소면,
아삭아삭 동치미 무채까지 정신이 반짝 드는
맛이었다. 그날 이후로 동치미국수를 즐겨 먹게
되었다. 동치미국수는 술안주로도 좋고, 숙취
해소에도 좋고, 갈증 날 때나 한밤에 출출할
때 먹어도 최고다. 기분 좋게 술을 마시고
새벽 2시까지 보이차를 마신 뒤 출출해지면
동치미국수를 먹는다. 동치미 덕택에 살면서 술
깨는 약을 먹어 본 적이 없다. 요즘 즐겨 먹는
동치미국수 레시피는 이렇다. 동치미를 길게
썰어 동치미 채와 소면을 1:1로 넣고 동치미
국물을 부은 뒤 고수를 듬뿍 얹는다. 고수는
뿌리가 굵을수록 향이 좋다.
동치미 국물이 맛있으면 그대로 쓰고, 맛이
덜하면 닭 육수를 섞는다. 동치미 국물 없이 닭
육수만 넣으면 시원한 맛이 덜하다.

동치미는 우리 집 식탁에 거의 빠지지 않는다. 동치미의 맛을 좌우하는 것은 첫째가 무고, 그다음이 물과 소금이다. 여기에 한 가지 비법이 있다. 동치미를 담글 때는 무의 아래위를 댕강 자르고 넣으면 안 된다. 자연에 최대한 가깝게 잔뿌리까지 그대로 넣어야 더 맛있다. 그래야 '아, 여기가 내 자리인가 보다' 하고 편히 속을 다 드러내는 것 같다. 비단 동치미뿐만 아니라 다른 재료도 그러하다. 1990년대까지만 해도 동치미 항아리를 쉽게 땅에 묻었는데, 겨울날이 점점 따뜻해져 갈수록 묻기가 힘들어진다. 급기야 2019년 겨울은 너무 따뜻해서 동치미 무에 꽃이 피고 군내가 나는 바람에 동치미를 다 망쳐 버렸다. 큰일이다.

고수와 함께 간장에 데친 가시리가 있으면 올리고, 없으면 동치미 채를 올린다.

가덕 대구는 매달아 놓고 한 점씩 베어서

부산 최남단에 있는 섬, 가덕도에서 잡히는
대구는 '가덕 대구'라고 따로 불릴 만큼
특별하다. 대구는 멀리 러시아 캄차카반도 등
북태평양 해역에 살다가 겨울이면 알을 낳기
위해 우리나라 남해까지 내려온다. 부산에서는
가덕도 앞바다에서 대구를 잡는데, 물살이
거센 가덕도에서 잡히는 대구는 육질이
단단하고 지방이 적다. 등에 새겨진 선명한
호피 무늬가 남다르며 산란기에는 이 무늬가 더
예쁘다. 포항 근해를 지나며 맛이 들기 시작해
가덕도까지 와야 대구가 비로소 제 맛이 난다고
한다. 산란을 하기 위해 가덕도 인근에 닿는
12월에서 2월까지가 영양을 몸에 가장 많이
비축하는 시기이고, 이때 맛도 가장 좋다.
가덕 대구는 임금님께 진상했다는 이야기도
있고, "동지 대구는 사돈 댁에게도 안
보낸다"라는 말이 있을 정도로 맛이 좋기로
유명하다. 가덕 대구 세 마리만 먹으면
한파에도 감기 걱정이 없다고 한다.

내가 어릴 때 가덕 대구는 흔한 생선이었다.
30~40년 전에는 겨울이 정말 추웠다. 양산에서
부산 자갈치시장 가는 것이 쉬운 일이 아니었다.
아버지가 사람들에게 부탁해서 자갈치 시장에서
사온 가덕 대구 네다섯 마리를 처마 밑에 걸어
두고는 작업하다가 짬이 나면 대구 살 한 점
쓱 베어 초장에 찍어 막걸리 안주를 삼았다.
날이 제대로 추워야 얼었다 녹았다 하면서
대구의 식감이 쫄깃해진다. 가덕 대구의 뼈와
내장은 탕으로 끓인다. 그렇게 흔하게 보던
대구인데 결혼하고 나서 8~10kg짜리 대구가
80만 원이나 하는 것을 보고 아내도 나도
깜짝 놀랐다. 30년 전인가. 내 생일이기도 하고
일본에서 귀한 손님도 오셔서 가덕 대구를
수소문했는데 결국 사지 못했던 기억도 난다.
그때는 아주 귀했는데 노무현 대통령이 재임
기간에 대구 치어 방류 사업을 주도한 덕에
오늘날은 흔하게 먹을 수 있게 되었다.

눈볼대는 할아버지 생선

가덕 대구와 함께 아이들이 '할아버지 생선'이라고 부를 만큼 아버지가 생각나는 생선이 있다. 덩치에 비해 눈이 커서 이름 붙은 것으로 짐작되는 눈볼대. 일본 말로 빨간 고기를 뜻하는 '아카무쓰'로도 많이 알려져 있고, 얼핏 보아서 조기와 비슷하지만 색이 붉어서 북(붉)조기로 불리기도 하는 등 이름이 다양하다. 부산 일원에 사는 사람들이 아주 좋아하는 생선으로, 귀하고 비싸지만 제사상에 꼭 올릴 만큼 인기가 있다. 눈볼대는 부산이 주산지인데, 일본 사람들이 매우 좋아하는 고급 어종이라 대부분 일본으로 수출하는 바람에 1년에 서너 번 정도 손바닥만 한 크기를 구할 수 있다 보니 더 귀하기도 했다. 눈볼대는 겨울에 기름지고 맛있다. 크기는 20cm 이상에 색이 빨갛고 특히 눈이 빨개야 한다. 회나 조림으로도 먹지만 눈볼대 하면 구이를 빼놓을 수 없다. 작지만 기름기가 많고 육질이 부드러워 구워 먹으면 맛있다. 우리 아이들은 할아버지랑 가장 많이 먹은 음식으로 눈볼대를 꼽는데, 역시 대부분 구이로 먹었다. 눈볼대를 굽는 날이면 아이들도 아버지도 서로 한치의 양보 없이 상 앞에서 젓가락을 바삐 움직였다.

아귀는 아버지의 목숨을 구한 생선으로 통한다.
아버지가 삼천포에 사실 때 일이다. 부산에
가려고 배를 타러 나가신 아버지가 마침 근처
횟집에 아귀 애(간) 좋은 게 들어오는 바람에
막걸리 판을 마무리 짓고 가다가 그만 배를
놓쳤다고 한다. 그런데 아버지가 탈 예정이던
배가 뒤집혀서 배에 탔던 사람들이 많이
죽었다는 것이다. 어머니가 놀라 나를 들쳐 업고
부둣가에 갔는데 사람이 없어 망연자실했다고
한다. 나는 그때 귀에 동상이 걸려 지금도 추운
날이면 귓불이 간질간질하다. 신문에 날 정도로
큰 사건에서 아버지를 구한 건 다름 아닌 겨울
아귀였다.
옛날에 아귀와 물메기(곰치)는 못생긴 생선이라고
해서 잡자마자 버리거나 잘 먹지 않았다. 우리
가족은 가끔 기장 일광 해수욕장에 있는 아귀찜
집에 가서 찜 대신 수육을 시킨다. 그러면 아귀
애가 함께 나온다. 우리 아이들은 유치원 다닐
때부터 한 사람당 한 마리씩 생선을 먹었고
아귀 애도 잘 먹었다. 상에 생선이 올라오면
어른들 하던 대로 일단 눈부터 먹어 본다.
눈맛을 보면 신선도와 맛을 제대로 알 수 있다.

음식 맛은 불이 좌우한다

좋은 음식은 재료를 고르는 안목과 불 조절로 결정 난다. 모든 사람이 빨리 익혀서 급하게 먹느라 바쁜 세상이지만 요리의 기본은 시간을 들여 느긋하게 불을 다루는 것이다. 단순하고 쉬워 보이는 콩나물국 끓이기를 예로 들어 보자. 생물인 콩나물이 국이 되려면 뜨거운 물속에서 본연의 성질을 잘 유지해야 한다. 콩나물국도 맛있게 끓이려면 시간이 필요하다. 콩나물은 아주 약한 불부터 서서히 끓여야 한다. 그래야 아스파라긴산 등 콩나물 속에 있는 성분이 서서히 배어 나오면서 시원한 맛이 우러난다. 뜨거운 불에서 빨리 끓이면 선혀 다른 맛이 날 수밖에 없다. 두 사람이 먹을 콩나물국을 끓인다고 생각하면 5백 원짜리 동전 크기 정도의 생강편 두 개를 넣고 콩나물이 잠길 정도로 물을 부은 다음 은근한 불에서 시작해 불 온도를 서서히 올린 뒤 한소끔 끓었을 때 불을 끈다. 그릇 구울 때도 그러하다. 장안요에서는 보통 1년에 두 번, 봄과 가을에 가마에 불을 땐다. 5월에 불 때는 건 '춘번', 가을에 불 때는 건 '추번'이라 부른다.

가마에 불을 때기에 앞서 장안에서 키운 닭으로
백숙과 내장탕을 끓여 제를 올린 뒤 함께 일하는
사람들과 음식을 나눈다. 아버지가 생각나면
닭내장탕을 먹곤 한다. 어릴 때 가마에 불 때는
날은 흡사 잔칫날 같았다. 마을 사람이 키운 돼지
한 마리를 잡고 모여서 고기를 나눠 먹으면서
고된 일을 위로하며 서로를 격려했다. 일종의
희생 의식이자 도예가들의 전통이다. 지금은
동네에 돼지 잡는 집이 다 사라져서 닭으로
대신한다. 대체로 잔치를 벌이지만 때로는 물 한
잔 떠놓고 절 세 번 하는 걸로 갈음하기도 한다.
불을 한 번 때면 며칠 동안 가마 옆을 떠나질
못한다. 가마 속에 열기가 오르면 그 압력으로
인해 가마가 팽창하면서 그 틈새로 불이 번져
나온다. 그래서 자리를 뜨지 않고 불을 지켜봐야
한다.

결혼하고 처음 불을 땠을 때다. 그때는 다완을
주로 만들 때인데 3일 밤낮을 한숨도 안 자고
계속 불을 땠다. 불을 다 때고 봉통(가마 아궁이)
입구를 막은 뒤 좀 지켜보려고 멍석을 깔고
앉아 있다가 그만 잠이 들었다. 잠에서 깨어보니
아내가 시집올 때 해온 원앙금침 위에 누워
있었다.

아내가 봉통 입구에서 잠이 든 나를 무거워서
옮길 수 없으니 원앙금침을 이용해 굴려서 덮어
주고 재운 것이다.

불을 때다 보면 간혹 주변 땅이 따뜻해지니
봄이 온 줄 알고 개구리가 울며 나오기도 하고,
뱀이 스멀스멀 기어 나오기도 한다. 언젠가
가마를 덮어 둔 비닐을 벗기니 동네 뱀이
우글우글 모여 있던 적도 있었다.

그릇을 구우려면 유약을 바르기 전에 900도
정도 온도에서 먼저 초벌구이를 하는데 이때는
단순히 한 번 구워 내는 과정이라 불을 때는
것으로 치지 않는다. 유약을 바르고 나서
1250도의 뜨거운 불에 그릇을 다시 구울 때가
비로소 불을 때는 것이다. 초벌구이와 재벌
구이의 불 온도 차는 350도다. 가마 속 온도가
제대로 올랐는지는 불꽃의 색만 보고도 알
수 있다. 그릇이 다 되어 갈 때의 불은 태양을
보는 것처럼 눈으로 불을 직접 보는 게 힘들
정도다. 짙은 회색 연기가 '퍽퍽' 하는 소리와
함께 올라오는 것부터 전혀 다르다. 초벌구이는
처음에 가마 벽에 까만 그을음이 생기다가 이
그을음이 다 사라질 때까지 불을 때야 한다.
재벌 구이할 때 봉통에 불을 때면 첫 번째 칸이
1100도 정도 된다.

온도가 올라가면서 그릇에 송글송글 땀이
맺히는 순간이 일종의 신호탄. 그러다가 날이
서고 표면이 유리처럼 반짝이며 반사가 되면
다 구운 것이다. 빛이 나는 그릇에 쇠꼬챙이를
대면 그림자가 생긴다. 벽에 붙여 놓은 황토가
붉은색에서 검은 잿빛으로 변하는 걸 보고
확인하기도 한다. 이 모든 과정을 눈으로
지켜보고 확인하면서 불을 계속 때야 한다.
불이 끝나면 천천히 식혀야 깨지지 않는다. 흙과
유약이 불을 통해 마침내 하나가 되는 것이다.
보통 백자나 청자를 구울 때 산소가 들어갈
틈을 주지 않기 위해 영사를 좁고 가늘게
쪼개서 넣으며 쉬지 않고 불을 때는데 이를
'환원불'이라고 한다. 환원불을 때면 가마 안에
연기가 꽉 찬다. 그리고 유약 안에 들어 있는 철
성분이 나와 그릇에 닿으며 날아가는 과정에서
그릇이 푸르스름한 빛을 띠게 된다. 이와 달리
다완은 천천히 불을 때는 '산화불' 방식으로
굽는다. 환원불과 달리 산소가 들어가도록
불을 때야 하기 때문에 일정한 양의 나무를
계속 때는 게 아니라 나무가 다 탈 때까지
기다렸다가 다시 더 넣는다. 산화불 방식으로
구우면 그릇이 약간 붉은빛을 띤다.

장안 가마 기준으로 환원불을 때는 데에는
꼬박 하루가 걸린다. 가마의 적정 온도를
유지하기 위해 길게는 3일 밤낮을 뜬 눈으로
지새우기도 한다.

뜨거운 불을 오래 보면 각막이 상한다. 그래서
기회가 되면 눈에 좋은 음식인 소나 염소,
아귀, 홍어 등의 간 같은 것을 챙겨 먹는다.
그릇이 잘 나오려면 불 조절이 중요한데
불 때는 일은 체력적으로 매우 힘든 일이다.
땀을 워낙 많이 흘리다 보니 일부러 소금이나
간장을 챙겨 먹기도 한다. 열다섯 살 때부터
불을 때기 시작했고 20대 후반쯤 되니까 불을
알 것 같았다. 어릴 때는 한 달에 열 번 불을
때기도 했다. 지금은 전통 그릇에 대한 이해나
관심이 줄고 제약도 많아져서 불을 그만큼 때지
못한다.

불은 때는 것만큼 끝내는 것도 중요하다. 고작
1~2도 차이로 그릇이 녹아내릴 수도 있기
때문에 적정한 순간에 불을 끝내야 한다. 불을
끈 뒤에도 그릇은 점점 식어 가는 불의 열기를
흡수하며 단단해진다. 가마는 불을 끈 뒤
하루가 지나도 400도가 넘는 고온을 유지한다.
장안 가마는 보통 3~4일이 지나면 식고,
백자는 5~10일을 기다려야 할 때도 있다.

그런데 식을 때까지를 기다리지 못하고 어떻게
나왔는지 너무 궁금해서 들어가 보게 된다.
그러면 옷 끝이나 머리카락 등이 타기 일쑤다.
내가 만든 다완만 모으는 친구가 있었는데
가마에 불 때고 식은 뒤 꺼내는 걸 처음으로
보겠다며 먼저 들어가서 기다리다가 열기에
그만 구두 바닥이 녹아내리고 말았다.
그릇은 빚을 때는 흙색이었다가 마르면
연한 색을 띠고, 구운 후에는 크림 빛깔이나
베이지색이 된다. 아주 센 불을 견뎌 내는
그릇이 있는가 하면 은근한 불에 오래 구워야
하는 그릇도 있다. 그릇을 굽는다는 건
오케스트라를 지휘하는 것과 같다. 불, 흙, 유약,
공기 등이 어우러져 화음을 만드는 것처럼
말이다.
2009년 서일본신문사 주최로 후쿠오카에서
전시를 했을 때 한 일본 도예가가 이 모든
과정을 혼자 직접 다 하는 거냐고 물었다.
취재를 했던 고야 유키코 기자가 그렇다고
대신 대답하면서 모든 과정을 자신이 직접 다
보았다고 말해 주었다. 나는 아버지로부터
네 손으로 모든 걸 직접 하도록 배웠고 다른
방법을 생각해 본 적이 없다.

가마만 해도 그렇다. 가마 하나를 지으려면
비용이 많이 들기 때문에 보통은 평생 가마
하나를 지을까 말까 하는 이들이 대부분이다.
그런 가마를 나는 여섯 개를 지었다. 그릇이
바뀌면 가마도 달라져야 한다는 생각에는
예나 지금이나 변함이 없다.

방 한 칸짜리 또는 두 칸짜리 집이라고
말하듯이 가마도 집처럼 방이 있다. 예를 들어
고흥 가마는 일곱 칸이었고 장안 가마는
다섯 칸이다. 우리나라 가마는 경사진 땅에
여러 칸을 만들어 높이가 점점 높아지는 등요
방식이다. 구조가 복잡한 반면 경제적이며
열효율이 좋다. 가장 아래쪽이자 앞쪽에 있는
봉통에 불을 때면 나무가 연소되면서 열이 점점
높아져 다음 칸으로 올라갈수록 더 뜨거워진다.
가마 위치에 따라 온도가 다르기 때문에 한
가지 종류가 아니라 다완, 사발, 큰 접시 등
크기가 다른 다양한 그릇을 함께 넣는다.
한 번에 몇천 개씩을 넣기도 한다. 아래쪽은
다기, 위쪽은 큰 기물 등 그릇의 종류별로
명당이 따로 있다. 가마는 한두 칸만 따로 불을
땔 수 없고 전체를 때야 한다.

아버지 밑에서 다완을 배울 때다. 찻잔 다섯
개를 만들었는데 그게 어떻게 나올까 너무
궁금해서 오직 그 다섯 개를 위해 가마에 불을
땔 때 적이 있다. 가성비를 생각하면 당연히 호된
꾸지람을 들을 일이었지만 아버지는 오히려 그
잔을 너무 좋아하셔서 당신이 직접 쓰셨다.
아버지를 찾아오신 중광 스님이 그 잔을 보고
이걸 누가 만들었느냐고 물으셨고 그게 인연이
돼서 훗날 독립한 나를 찾아오시기도 했다.

1972년 아버지, 어머니, 누나 같은 동생과 나. 쟁반에 일본 손님에게 선물 받은 말차가 놓여 있다.

누가 나에게 물었다.

불이 뭐냐고. 내가 답했다.

불은 물하고 성질이 똑같은데

물은 낮은 데로 흐르고 불은 높은 데로 간다고.

- 도올 김용옥과의 대담 중에서

도자기를 빚는 큰아들 현민이가 불 때는 일을 돕는다.

황
토
방
에
서

재
를

모
으
다

장안요 전시장 한편에는 황토방이 있는데
이불만 덮어 두면 온 사방이 다 따뜻하다.
구들을 잘 놓아서다. 바깥 기온이 영하로 뚝
떨어지고 칼바람이 쌩쌩 부는 겨울날 메밀 면을
뽑아서 동치미 숭숭 썬 고명을 얹어 국수 한
그릇 먹으면 온몸이 덜덜덜 떨린다. 그럴 때
황토 구들방에 누우면 차가운 몸이 스르르
녹는데, 입안에는 아직 시원한 냉면의 기운이
남아 있다. 이 느낌을 경험하고 나서 나는
진짜 냉면 맛을 알았다. 이 온돌방은 장안요의
다실로도 사용되고 있다.

황토방을 만든 이유는 사실 잿물 때문이기도
하다. 구들방 아궁이에서 나무를 때서 그
재로 잿물을 만들어 천연 유약으로 사용한다.
장안요에서는 모든 유약을 내가 직접 만들기
때문에 겨울뿐 아니라 여름 장마 때까지도 계속
불을 때면서 재를 모은다. 재 한 바가지를 얻기
위해 지게로 나무 서너 짐을 져야 한다. 전기
보일러가 보급되고 나무 재를 모으는 일이
점점 어려워지면서 황토방이 소중한 나무 재
공급처가 되고 있다. 아궁이에 불을 땔 때는
한 가지 나무만 때서 재의 순도를 유지한다.

보통 느릅나무, 참나무, 느티나무 등으로
재를 만드는데 요즘 느릅나무 구경이 어렵다.
세 가지 말고도 감나무, 밤나무, 소나무 등
다양한 나무를 태워 써 보았다. 타고 남은
재가 무슨 특성이 있을까 싶겠지만 나무마다
특유의 질감과 색이 다르다. 잿물은 그릇의
피부와 같다. 언젠가는 자작나무 재로 유약을
만들면 맑고 깨끗한 색이 나온다는 이야기를
듣고 수입을 하려고 러시아까지 간 적도
있다. 요즈음은 인건비가 비싸서 유약을 직접
만들어 쓰는 사람이 점점 줄고 있다. 재에
따라 미세하게 달라지는 그릇의 결처럼 우리의
음식도 아주 섬세하고 다양하다. 장맛이나 김치
맛을 생각해 보라. 그 맛을 어떻게 표준화할
수 있겠는가. 경험할수록 세상에 쉽게 얻어지는
것은 아무것도 없음을 깨닫는다.

대
보
름
에
는

봄
동
김
치

겨울에는 풀들이 땅에 납작 붙어 자란다.
이맘때 나는 풀은 대체로 달다. 겨울초는 보통
9월에 씨를 뿌리는데 따뜻한 남쪽 지방에서는
더 늦게 파종하기도 한다. 왕성하게 자라던
겨울초는 12월이 되면 잎과 줄기를 땅에 대고
바짝 엎드린 채 겨울 날 채비를 한다. 생명을
유지하는 데 가장 중요한 뿌리와 생장점만
남기고 잎은 최소한으로 달고 있다. 그래서
겨울 뿌리채소는 약이라는 말이 있다. 겨울이
끝나고 이른 봄이 되면 죽었나 싶은 풀에서
순한 새잎이 돋는다. 풀 포기의 밑동을 잘라
내고 겨울을 난 연한 겨울초를 먹는다.
겉절이나 쌈, 무침으로 즐겨 먹는 봄동은
별도의 품종이 아니다. 노지에서 겨울을 난
배추로 속이 꽉 차서 위로 자라는 게 아니라
잎을 땅 쪽으로 펼치며 자라는 배추를 부르는
말이다.
속이 뽀얗고 속이 노란색을 띠는 봄동은 다른
때의 배추보다 도톰하고 아삭거리며 고소하고
달다.

봄동은 수분이 많아 겉절이나 쌈으로 먹는데,
우리는 봄동으로 김치를 담근다. 설 지나
봄동김치 해서 한 달 동안 열심히 먹는 것은
겨울을 끝내고 봄을 시작하는 일종의 통과의례
같은 것이다.

겨울초, 고수, 잔파로도 겉절이를 무친다.
베트남 쌀국수에 얹어 나오는 고수는 우리나라
전역에서 자라며 절에서도 많이 키우는 풀이다.
양산 통도사 사하촌에서 자란 내게 고수는
미나리처럼 익숙하다. 5일장에서 싱싱한 고수를
만나면 싹쓸이하듯이 모두 사 오곤 한다.

쌈으로도 먹고, 양념장에도 넣는다. 생선회 한
점 먹고 고수를 뿌리째 돌돌 말아서 초장에
찍어 먹으면 입안 가득 향이 그윽하다. 고수와
함께 제피, 산초 등도 즐겨 먹는 허브다.

식탁에 올라온 봄동과 고수, 잔파를 보고 봄을
알아챈다.

우리 밭에서 나는 겨울초.

잔파.

고수.

누구를 기다리는 것이 아니다.

누구를 찾아가는 것도 아니다.

신은 다만 그 자리에 있다.

다만 인간이 무언가를 기다리고

무언기 를 찾을 뿐이다.

아침에 해 뜨고 저녁에 해 진다.

- 2008년 1월 12일 인도에서

달은 둥글고 바람은 아직 찬데

매화꽃 소식은 없고 달빛이 밝으니

이 달빛이 정월 보름 달빛이라오.

- 2016년 2월 13일 새벽 3시에

창조를 위해서는 파괴가 있어야 한다. 새로운 것을 하기 위해서는 이전 것이 무너져야 한다.
작업장을 옮기는 것도 그런 것. 고흥 가마를 헤쳐서 옮겨야 양구 가마를 시작할 수 있는 것도 같은 이치다.

참
꽃
이

피
면

바
지
락
을

먹
고

초판 1쇄 발행   2021년 8월 5일

초판 4쇄 발행   2021년 9월 17일

지은이   신경균

펴낸곳   브.레드

책임 편집   이나래

에디터   최윤정

교정·교열   전남희

음식   임계화

표지 그림   Kelita Choi

사진   김잔듸, 이주연

디자인   성홍연

마케팅   김태정

인쇄   (주)상지사P&B

출판 신고   2017년 6월 8일 제2017-000113호

주소   서울시 중구 퇴계로 41길 39 703호

전화   02-6242-9516

팩스   02-6280-9517

이메일   breadbook.info@gmail.com

ISBN 979-11-90920-10-0-03810

값 22,000원